Nora Roberts

L'amour comme par enchantement

Nora Roberts

L'amour comme par enchantement

Traduction française de
B. DUFFY

HARLEQUIN

Titre original :
GABRIEL'S ANGEL

Ce roman a déjà été publié en 2016

HARPERCOLLINS FRANCE
83-85, boulevard Vincent-Auriol, 75646 PARIS CEDEX 13
Service Lectrices — Tél. : 01 45 82 47 47

www.harlequin.fr

ISBN 978-2-2804-3408-9

1

Fichu temps...

Gabe passa en seconde, réduisit sa vitesse à vingt kilomètres à l'heure et plissa les yeux. A travers le va-et-vient frénétique des essuie-glaces, il parvint juste à distinguer le bout du capot de sa jeep. Après, il n'y avait plus que le mur uniformément blanc de la neige tombant à gros flocons drus et serrés.

Dieu merci, il connaissait bien maintenant cette route de montagne. Cela faisait six mois qu'il habitait la région, et même s'il quittait le moins souvent possible son refuge, la nécessité de se ravitailler l'obligeait à parcourir de temps en temps les trente kilomètres qui le séparaient de la ville la plus proche. La conduite sur une chaussée aussi glissante n'en provoquait pas moins chez lui une tension nerveuse qui raidissait douloureusement les muscles de ses épaules et de sa nuque.

Inutile de s'arrêter pour attendre la fin de la tempête, pensa-t-il en ralentissant encore avant de négocier le virage suivant. Dans les Rocheuses, les chutes de neige étaient aussi violentes au printemps qu'en plein cœur de l'hiver et pouvaient durer plusieurs jours. Celle-ci avait apparemment pris tout le monde au dépourvu — les touristes et les gens du pays comme les météorologues.

La jeep avançait lentement mais sûrement. Gabe calcula que dans huit kilomètres, il serait chez lui. Une fois arrivé, il déchargerait ses provisions, s'installerait devant le poêle avec une tasse de café brûlant ou une bière glacée, et contemplerait par la fenêtre le paysage enseveli sous la neige. Ce blizzard inattendu aurait multiplié par trois le temps qu'il mettait d'habitude pour effectuer le trajet, mais grâce à sa voiture tout-terrain, il avait au moins la certitude d'arriver à bon port.

Les essuie-glaces peinaient pourtant à faire leur travail. Si la neige continuait à tomber ainsi, la route deviendrait impraticable bien avant la tombée de la nuit. Gabe savait qu'il serait alors rentré depuis longtemps, mais cela ne l'empêchait pas de s'en vouloir : s'il était descendu en ville la veille comme prévu, il serait en ce moment bien au chaud dans son chalet.

Gabe aimait rouler vite, mais l'expérience de la montagne en hiver lui avait enseigné les vertus de la lenteur. Même si la glissière de sécurité qui bordait l'accotement sur sa gauche paraissait solide, il n'avait aucune envie d'en tester la résistance : le ravin, en dessous, était d'une profondeur vertigineuse.

Plus que cinq kilomètres… Gabe n'avait pas vu une seule voiture depuis une bonne vingtaine de minutes, et le risque d'en croiser une maintenant était pratiquement nul. La station locale sur laquelle l'autoradio était réglé diffusait toutes les cinq minutes un bulletin d'alerte météo et donnait dans l'intervalle la liste des routes coupées et des activités annulées à cause du mauvais temps. Gabe était toujours surpris du nombre de réunions, déjeuners, concerts, conférences et répétitions qui avaient lieu chaque jour.

Mais sans doute la nature humaine était-elle ainsi faite : les gens avaient besoin de se regrouper, ne serait-ce que dans l'obscurité d'une salle de cinéma. Gabe, lui, préférait être seul, pour l'instant tout du moins, sinon il n'aurait pas acheté ce chalet ni vécu en ermite pendant les six mois précédents.

La solitude lui permettait de réfléchir, de travailler et de panser ses blessures. Il avait déjà parcouru un bon bout de chemin dans ces trois directions.

Un petit soupir de soulagement lui échappa lorsqu'il sentit la jeep attaquer une nouvelle côte — la dernière avant l'intersection avec le chemin de terre qui menait à sa maison. Son visage jusque-là crispé par la concentration se détendit un peu. C'était un visage qu'il n'était jamais tenté de rester des heures à contempler le matin dans la glace. Il le trouvait trop mince, trop anguleux, avec un nez légèrement de travers — souvenir d'une rixe qui l'avait opposé, adolescent, à un garçon de sa classe qui rudoyait son frère cadet dans la cour du collège.

Parce qu'il avait oublié de mettre un chapeau en partant, ses cheveux châtain clair retombaient en mèches désordonnées sur son front et sur le col de son anorak. Ils étaient un peu longs, et sa dernière tentative pour les discipliner en passant les doigts dedans remontait à plusieurs heures. A force de fixer la neige, ses yeux verts commençaient en outre à le piquer, mais les conditions de circulation étaient si mauvaises qu'il osait à peine cligner les paupières.

Un rapide coup d'œil au compteur kilométrique lui indiqua qu'il ne lui restait plus que quatre cents mètres à franchir. Il se hâta ensuite de reporter son attention sur la route, et c'est alors qu'il vit une voiture se diriger vers lui en zigzaguant.

Il n'eut même pas le temps d'avoir peur. Par pur réflexe, il donna un coup de volant à droite. Les roues de la jeep s'enfoncèrent dans la congère que le vent avait déjà formée sur le bas-côté. Le véhicule, brutalement stoppé dans son élan, parut sur le point de se retourner, mais il s'immobilisa finalement après un simple soubresaut.

Le danger n'était pas passé pour autant : l'autre conducteur avait visiblement perdu le contrôle de sa voiture, qui fonçait maintenant droit sur la jeep. A la dernière seconde, il se déporta sur la droite, mais ce brusque changement de direction le fit déraper, et il se mit à glisser irrésistiblement vers l'accotement.

Gabe serra le frein à main et bondit de la jeep à l'instant même où la voiture percutait la glissière de sécurité. La neige avait transformé la route en une véritable patinoire, et il manqua tomber plusieurs fois en la traversant.

Heureusement c'était l'avant droit de la voiture qui avait heurté la barrière métallique, et Gabe vit tout de suite que le siège du passager était vide. Le choc n'en avait pas moins été violent, et le conducteur, affaissé sur le volant, ne bougeait pas…

Gabe tenta d'ouvrir la portière. N'y parvenant pas, il se mit à tambouriner, le cœur battant, contre la vitre. Au bout d'un moment qui lui parut une éternité, le conducteur se redressa, enleva son bonnet de laine et secoua la tête comme pour s'éclaircir les idées. Gabe s'aperçut alors qu'il s'agissait d'une femme : ses longs cheveux blonds échappés du bonnet dansaient maintenant dans son dos.

Elle se tourna vers lui, et il rencontra le regard de ses immenses yeux bleus aux pupilles dilatées par l'effroi. Elle était livide — ses lèvres elles-mêmes avaient perdu toute couleur —, mais cela n'enlevait rien à son extraordinaire beauté.

L'artiste en Gabe eut immédiatement envie de fixer sur la toile ces traits d'une parfaite harmonie, l'ovale pur de ce visage aux pommettes hautes, à la bouche généreuse… L'homme en lui se força à revenir à la réalité et frappa à coups redoublés contre la vitre.

Une expression d'inquiétude remplaça la frayeur dans les prunelles de l'inconnue. Elle baissa la glace et demanda d'une voix tremblante :

— Vous êtes blessé ? J'ai heurté votre jeep ?

— Non, juste la glissière de sécurité.

— Dieu soit loué ! J'ai commencé à déraper en haut de la côte, mais j'espérais reprendre le contrôle de la voiture une fois en bas. Et puis je vous ai vu, et j'ai eu le sentiment horrible que la collision était inévitable.

— Vous l'avez pourtant évitée en donnant un coup de volant à droite. Vous n'alliez pas trop vite, heureusement, sinon... Mais vous êtes blanche comme un linge... Ça va ?

— Oui, c'est seulement le contrecoup de la peur que j'ai eue. Vous avez dû avoir une sacrée frayeur, vous aussi... Je suis désolée.

— Nous sommes tous les deux indemnes, c'est l'essentiel, mais que diable faites-vous sur cette route de montagne, loin de tout et au beau milieu d'une tempête de neige ?

— D'après la carte, Lonesome Ridge est la ville la plus proche. Je voulais m'y rendre pour attendre la fin du mauvais temps, mais je me suis perdue dans le blizzard, et j'ai continué à rouler parce que je craignais, si je m'arrêtais sur le bas-côté, de mourir de froid dans ma voiture.

C'était bien ce qu'elle risquait s'il la laissait là, songea Gabe. La neige tombait toujours, et s'il se contentait d'appeler une dépanneuse depuis le chalet, qui sait combien de temps elle devrait l'attendre ? L'idée de la recevoir chez lui ne l'enchantait guère, mais il ne pouvait pas non plus l'abandonner sur le bord de la route...

— J'habite tout près d'ici, grommela-t-il. Je vais vous y emmener.

Le ton de son interlocuteur manquait singulièrement de chaleur, mais la jeune femme ne s'en étonna pas. Après tout, il avait failli avoir un accident à cause d'elle et il était maintenant obligé de la secourir. Il avait de bonnes raisons de lui en vouloir. Un instant, elle fut tentée de refuser sa proposition, mais elle sentit la morsure du froid qui transperçait ses vêtements par la vitre ouverte. Elle n'avait pas le choix.

— Merci, dit-elle. Je vous suis très reconnaissante de votre aide, monsieur... ?

— Bradley. Gabe Bradley.

— Je m'appelle Laura. J'ai une valise dans le coffre... Je peux vous demander de la sortir ?

Gabe prit les clés que lui tendait la jeune femme et se dirigea vers l'arrière de la voiture en se maudissant intérieurement. S'il était parti une heure plus tôt, cet après-midi, il serait en ce moment chez lui — seul.

La valise n'était pas très grosse. Apparemment la jeune femme ne s'encombrait pas plus de bagages que de nom de famille... Gabe se reprocha soudain de lui avoir parlé sur un ton aussi brusque. Après tout, elle avait risqué une chute dans le ravin pour prévenir une collision avec sa jeep, et si elle n'avait pas réussi à éviter les deux, ce serait une ambulance dont ils auraient besoin à présent au lieu d'une simple tasse de café et d'un bon feu pour se réchauffer les pieds.

Résolu à se montrer plus aimable, Gabe souleva la valise, referma le coffre et contourna la voiture pour aller rejoindre Laura. Il vit alors qu'elle en était descendue et l'attendait, plus belle que jamais avec ses joues maintenant rosies par le froid... et très, très enceinte.

— Oh ! mon Dieu !

Ce fut tout ce qu'il trouva à dire.

— Je ne vous dérangerai pas longtemps, déclara-t-elle. Dès que nous serons chez vous, je téléphonerai à un garagiste, et il me conduira en ville après avoir pris ma voiture en remorque.

Ces mots n'atteignirent pas le cerveau de Gabe. Toute son attention était concentrée sur le ventre rond qui tendait les pans du manteau noir de Laura.

— Vous êtes sûre que ça va ? demanda-t-il. Je ne savais pas que vous étiez… Vous avez besoin d'un médecin ?

— Non, répondit-elle avec un petit sourire. Le bébé n'a rien. La décharge d'adrénaline que m'a causée la peur ne lui a pas échappé, à en juger par ses gigotements, mais il est bien protégé, et la ceinture de sécurité m'a évité de heurter le volant.

Gabe n'ayant pas l'air convaincu, la jeune femme ajouta après avoir soufflé sur ses doigts, qui commençaient à s'engourdir :

— Rassurez-vous : il n'y a pas de danger que j'accouche sur cette route — sauf si nous y passons les six prochaines semaines.

Le sourire de Laura exprimait l'indulgence amusée d'une femme devant la totale ignorance des hommes en matière de grossesse. Gabe se sentit bête et décida de la croire sur parole.

— Je vais vous aider, dit-il en lui tendant la main.

Cette phrase toute simple alla droit au cœur de Laura. Elle aurait pu compter sur les doigts d'une main le nombre de fois où elle l'avait entendue.

A petits pas prudents, et en s'appuyant solidement sur le bras de Gabe, elle s'engagea sur la chaussée glissante. Ils atteignirent la jeep sans encombre, mais, arrivée devant le marchepied qui permettait d'accéder au siège du passager, la jeune femme s'arrêta.

— Il faut que vous me souleviez un peu, dit-elle avec un petit rire. Je ne suis plus aussi agile que je l'étais.

Après avoir mis la valise sur la banquette arrière, Gabe se demanda par quelle partie du corps il pouvait prendre Laura sans provoquer une catastrophe. Compte tenu de ce qu'il leur fallait endurer, les femmes enceintes étaient forcément moins fragiles qu'elles n'en avaient l'air, mais il avait peur, soudain, que le moindre geste maladroit ne fasse du mal à celle-ci. Il choisit finalement de lui poser une main sous le coude, l'autre sur la hanche, et elle se glissa sur le siège avec moins de difficulté qu'il ne le craignait.

Jamais de toute sa vie, il ne s'était senti aussi gauche. Agacé, il claqua la portière et alla s'installer au volant. Quelques manœuvres furent nécessaires pour extirper la jeep de la congère, mais elle gravit ensuite vaillamment le raidillon.

— Je ne pensais pas qu'il y avait des habitations par ici, observa Laura, sinon je me serais arrêtée pour demander refuge dans l'une d'entre elles. Je ne m'attendais pas non plus à une tempête de neige en plein mois d'avril.

— Ce n'est pourtant pas rare dans cette région, et il s'en produit même plus tard dans la saison.

Habituellement, Gabe était aussi respectueux de la vie privée des autres que soucieux de protéger la sienne, mais les circonstances n'avaient rien d'habituel, si bien qu'il reprit :

— Vous voyagez seule ?

— Oui.

— N'est-ce pas risqué, dans votre état ?

Laura posa la main sur son ventre dans un geste instinctif de protection. Etait-il prudent de se confier à cet inconnu ? songea-t-elle. Non, bien sûr, mais la simple politesse exigeait une réponse, aussi vague soit-elle.

— Comme je vous l'ai déjà dit, il me reste six semaines avant la naissance. J'ai prévu de faire étape à Denver, le temps d'accoucher, et même si ma voiture est immobilisée ici pendant plusieurs jours, j'y serai largement à temps… Et vous, monsieur Bradley, vous vivez seul ?

— Oui.

La jeune femme tourna la tête juste assez pour pouvoir observer son compagnon du coin de l'œil. Il avait un visage énergique, aux traits trop fins pour être qualifiés de durs, mais si nets et anguleux qu'ils paraissaient sculptés dans la pierre. C'était un beau visage et, bien qu'il eût quelque chose d'énigmatique, Laura se rassura en se rappelant l'expression désemparée de Gabe au moment où il s'était aperçu qu'elle était enceinte. Cet homme était inoffensif ; elle n'avait rien à craindre de lui.

Sans doute son silence alerta-t-il Gabe, car il lui jeta un bref regard et, comme s'il lisait dans ses pensées, souligna d'un ton légèrement narquois :

— Rassurez-vous, je ne suis pas un dangereux criminel qui se cache dans ces montagnes pour échapper à la police.

— Vous m'en voyez ravie, dit la jeune femme avec l'ombre d'un sourire avant de fixer de nouveau la route.

La jeep s'engagea peu de temps après dans un chemin couvert de neige. Le chalet qui se trouvait au bout ne lui apparut clairement qu'une fois le véhicule arrêté, mais il lui plut tout de suite.

C'était une construction de rondins, basse et rectangulaire, avec une terrasse couverte, des fenêtres à petits carreaux et une cheminée d'où s'échappait un panache de fumée blanche. Une merveilleuse impression de calme et de sécurité se dégageait de cette maison nichée au milieu des sapins.

— Quel cadre magnifique ! s'écria Laura. Vous devez être heureux, ici.

— Je ne me plains pas, déclara Gabe.

Puis il sortit du 4x4 et le contourna pour aider sa passagère à en descendre. Elle sentait la neige… Non, plutôt l'eau pure des torrents qui dévalaient la montagne au printemps, rectifia-t-il.

Surpris qu'une idée aussi incongrue lui ait traversé l'esprit, il se hâta de la chasser, précéda la jeune femme dans l'escalier qui menait à la porte d'entrée et l'ouvrit.

— Allez vous chauffer devant le poêle, dit-il. Moi, je vais décharger la voiture.

Laura entendit à peine la porte se refermer : elle regardait bouche bée les toiles dont la pièce était remplie. Il y en avait partout : accrochées aux murs, entassées dans les encoignures, empilées sur les tables… Seules quelques-unes étaient encadrées, et certaines étaient inachevées, comme si l'artiste avait fini par s'en désintéresser, ou par perdre sa motivation. Il y avait des huiles aux couleurs vives, des aquarelles aux tons doux, des paysages dont les contours vaporeux créaient une atmosphère onirique…

Une œuvre en particulier retint l'attention de Laura, et elle s'avança dans la pièce pour l'examiner de plus près. Elle représentait les quais de la Seine à Paris ; elle les reconnaissait pour s'y être promenée pendant sa lune de miel.

Des larmes lui montèrent aux yeux, mais elle inspira à fond et se força à fixer le tableau jusqu'à ce que son sang-froid soit revenu.

Un chevalet était installé à côté de la fenêtre. Laura ne voyait que la tranche de la toile posée dessus, mais elle résista à la tentation de s'en approcher. Les peintres détestaient généralement montrer leur travail en cours, et elle avait déjà le sentiment d'imposer sa présence à Gabe.

Qu'allait-elle devenir ? se demanda-t-elle, soudain consciente de la gravité de sa situation. Le dépannage et la réparation de sa voiture risquaient d'engloutir la majeure partie de ses économies, et quel employeur engagerait une femme enceinte de sept mois et demi ?

Et s'ils la retrouvaient maintenant…

Non, ils ne la retrouveraient pas ! se dit-elle résolument. Personne ne lui prendrait son bébé, ni maintenant ni jamais.

Elle se retourna en entendant la porte du chalet s'ouvrir. Gabe entra, les bras chargés de sacs d'épicerie qu'il posa par terre avant d'enlever son anorak. Il devait mesurer un peu moins d'un mètre quatre-vingts, mais sa minceur le faisait paraître plus grand, et son corps délié, tout en muscles, dégageait une impression de force physique très au-dessus de la moyenne. Il ressemblait plus à un boxeur qu'au peintre réputé et fils de bonne famille que Laura avait à présent reconnu en lui.

Malgré ses origines, il portait une chemise de flanelle, un pantalon de velours, et paraissait aussi à l'aise dans cette maison rustique que s'il y était né. Bien qu'elle fût née dans un milieu beaucoup plus modeste, et malgré sa tenue toute simple, gros pull-over irlandais et une jupe de laine, Laura ne s'y sentait, elle, pas du tout à sa place.

— Donnez-moi votre manteau, déclara Gabe.

La jeune femme le lui tendit, et il le suspendit avec son anorak à la patère fixée près de la porte.

— Je devais être en état de choc, tout à l'heure, observa-t-elle, car je viens seulement de comprendre que vous étiez Gabriel Bradley, le célèbre artiste… J'adore vos tableaux.

— Merci, marmonna-t-il avant de se pencher pour soulever les sacs d'épicerie.

— Je vais vous aider.

— Non ! s'écria Gabe.

Puis il disparut dans la cuisine, laissant Laura indécise sur la conduite à tenir.

Dans la mesure où il supportait visiblement mal sa présence sous son toit, elle aurait fort bien pu se contenter de s'asseoir dans un coin et d'attendre passivement le moment de partir. C'est ce qu'elle aurait fait à une certaine époque, mais les événements l'avaient changée, et, malgré les protestations de son hôte, elle décida d'aller le rejoindre. La cuisine était minuscule, et les trois personnes, en comptant le bébé, qui s'y trouvaient maintenant suffisaient à la remplir.

— Permettez-moi au moins de vous préparer une boisson chaude, dit Laura.

Le vieux réchaud à deux feux n'avait pas l'air simple à utiliser, mais elle était décidée à se rendre utile.

Gabe se tourna vers les sacs posés sur la table, et son bras effleura au passage le ventre de Laura. Le mélange de gêne et de fascination qu'il en éprouva le fit rougir comme un gamin pris en faute.

— Voilà ce qu'il vous faut, grommela-t-il en tendant un paquet de café moulu à la jeune femme.

— Où est la cafetière ?

— Dans l'évier.

Où elle attendait depuis la veille qu'il trouve le temps de la nettoyer… Gabe esquissa un pas vers l'évier… et recula de deux après avoir senti sa hanche frôler celle de Laura.

— Si vous alliez téléphoner à un garagiste ? suggéra cette dernière. Je m'occuperai du café, pendant ce temps.

— Très bien. Il y a du lait dans le réfrigérateur, si vous en voulez.

— Vous n'auriez pas du thé, par hasard ?

— Non.

— Un verre de lait sera tout aussi bien. Merci.

Une fois seule, Laura résolut le mystère du fonctionnement du réchaud et prépara le café, puis elle entreprit de mettre les provisions dans les placards. Comme Gabe n'avait manifestement pas de système de rangement, elle appliqua le sien, mais elle n'avait pas encore entièrement vidé le premier sac que Gabe reparut et annonça :

— La ligne est coupée. Cela arrive souvent pendant les tempêtes de neige.

— Ah ! Et combien de temps ce genre de panne dure-t-il généralement ?

— C'est variable : quelques heures à une semaine.

Croyant qu'il plaisantait, Laura ébaucha un sourire, mais elle s'aperçut vite qu'il était parfaitement sérieux.

— Je crains que mon sort ne soit entre vos mains, monsieur Bradley.

— Appelez-moi Gabe.

C'était un ordre plus qu'une offre d'amitié, mais la jeune femme refusa de se laisser déstabiliser. Sa compagnie déplaisait peut-être à M. Gabriel Bradley, peintre reconnu et homme du monde qui avait décidé de jouer les ermites, et elle partirait dès qu'elle le pourrait, mais dans l'intervalle, mieux valait prendre les choses avec philosophie.

— Je vais mettre vos bagages dans la chambre, ajouta-t-il avant de pivoter sur ses talons.

Cette femme sortait vraiment de l'ordinaire, pensa Gabe en posant la valise de Laura sur son lit. Elle n'avait pas cillé en apprenant que le téléphone ne marchait pas et qu'ils étaient de ce fait totalement coupés du monde extérieur. Une autre aurait sûrement trouvé inquiétant d'être ainsi bloquée par la neige dans un chalet isolé, avec un parfait inconnu.

De son point de vue à lui, cette cohabitation forcée constituait un simple désagrément, mais elle représentait un danger potentiel pour une femme seule, même enceinte.

Celle-ci était d'ailleurs si belle que, dans d'autres circonstances, il se serait peut-être laissé aller à fantasmer sur elle. Quel homme n'aurait été fasciné par la perfection de ce visage, par ces yeux d'un bleu profond, par cette somptueuse chevelure blonde ?

Gabe savait cependant qu'il en serait resté au stade des fantasmes. Il n'avait jamais eu beaucoup de goût pour les aventures sans lendemain, et son état émotionnel actuel le rendait inapte à s'engager dans une relation sérieuse. La peinture, dont la passion avait fini par lui revenir, était son unique maîtresse.

Sur le plan pratique, cependant, il devait partager son refuge avec une femme très enceinte — et très secrète. Elle ne lui avait dit ni son nom de famille, ni d'où elle venait, ni où elle allait et pourquoi. Comme il semblait peu probable qu'elle soit une braqueuse de banques ou une terroriste, cette réserve ne portait pas à conséquence, mais Gabe n'en était pas moins intrigué.

Les quelques jours que la violence de la tempête les obligerait sans doute à passer ensemble lui permettraient peut-être d'en apprendre un peu plus sur sa mystérieuse invitée.

Seule avec ses pensées, Laura sentait ses craintes regagner peu à peu du terrain. Les provisions étaient à présent rangées, et elle commença à préparer le dîner. Il était encore tôt, mais elle avait besoin de s'occuper les mains.

Cette activité ne suffit malheureusement pas à chasser son angoisse. Il lui fallait de toute urgence gagner Los Angeles, ou Portland, ou Seattle — n'importe quelle ville assez grande et assez éloignée de Boston pour qu'il soit impossible de retrouver sa trace. Le blizzard avait apparemment pris tout le monde par surprise, mais si elle ne s'était pas réveillée si tard, ce matin, elle serait maintenant tranquillement installée dans un motel de Lonesome Ridge, avec une voiture prête à repartir dès que les routes auraient été dégagées.

Au lieu de cela, elle était bloquée dans ce chalet de montagne pour une durée indéterminée… Par chance, Gabe ne l'avait pas reconnue, elle en était certaine. Pas encore, tout du moins, rectifia-t-elle, et que se passerait-il quand il découvrirait son identité ? Il saurait alors qui elle fuyait. Après tout, les Bradley pouvaient très bien être des amis proches, voire des parents des Eagleton : non seulement ils appartenaient au même milieu, mais ces familles de la haute société s'alliaient souvent entre elles.

Après avoir mis de la soupe en conserve à chauffer, Laura alla regarder par la fenêtre. La neige tombait toujours à gros flocons, formant un écran qui l'empêchait de voir le monde extérieur. C'était étrange, mais cela lui donnait aussi un agréable sentiment de sécurité, car personne ne pouvait la voir, elle non plus.

Et si ce blizzard était une bénédiction, finalement ? pensa-t-elle. Cette petite maison dans la montagne constituait une cachette idéale, et les gens lancés à sa poursuite ne viendraient jamais la débusquer dans cet endroit perdu. Elle n'y resterait certes pas éternellement, mais pourquoi ne pas profiter de ce répit, le temps qu'il durerait, pour se reposer et reprendre des forces ?

Un peu d'optimisme lui revint, et elle fut même contente d'entendre Gabe remuer dans la pièce voisine. Il n'avait rien d'un hôte agréable, mais les longs mois de solitude qu'elle venait de passer lui faisaient soudain apprécier la présence toute proche d'un autre être humain.

Laura alla le rejoindre et vit qu'il était en train de remettre du bois dans le poêle.

— Monsieur Bradley ? Euh… pardon, Gabe ? Vous pouvez débarrasser une des tables ?

— Pourquoi ?

— Pour que nous puissions dîner.

— Dîner ?

— Oui. J'ai préparé de la soupe et des sandwichs.

Mis devant le fait accompli, Gabe fut contraint de s'exécuter. Laura disparut dans la cuisine, et il promena un regard découragé sur les tubes de peinture, les pinceaux et les toiles vierges qui encombraient la table de camping où il prenait ses repas avant de l'utiliser comme surface de… rangement ? Ce n'était peut-être pas le terme approprié, et il trouva sans trop de mal une autre place pour chaque objet, mais sans cesser de maugréer à l'idée du temps qu'il perdrait ensuite à les chercher.

Son irritation augmenta quand la jeune femme

entra dans le séjour avec un plateau rempli de bols, d'assiettes et de couverts.

— Vous ne devriez pas porter des choses lourdes, grommela-t-il en le lui arrachant pratiquement des mains.

A la première réaction de surprise de Laura succéda un élan de gratitude. La sollicitude de Gabe s'exprimait peut-être de façon un peu brusque, mais personne ne lui en avait jamais témoigné, et elle venait de vivre les sept mois les plus durs d'une existence qui avait pourtant rarement été facile.

— Merci, dit-elle, mais ne vous inquiétez pas : je fais attention à moi.

— Si c'était le cas, vous seriez en ce moment dans votre lit, en train de vous reposer, et pas dans cet endroit perdu, à jouer les fées du logis.

— L'exercice physique est bon pour la circulation.

— Asseyez-vous quand même et laissez-moi dresser la table.

La jeune femme obéit : elle avait bien trop faim pour discuter.

— Je veille également à me nourrir correctement, expliqua-t-elle, et je crains d'avoir sérieusement entamé vos provisions.

— Ce n'est pas grave, déclara Gabe.

La seule vue des sandwichs garnis de bacon, de tomates et de plusieurs sortes de fromages lui mettait l'eau à la bouche. Il ne se donnait jamais la peine d'en confectionner d'aussi élaborés. En réalité, il prenait tous ses repas debout dans la cuisine et mangeait les plats chauds directement dans la casserole. Le petit cérémonial que Laura lui imposait ce soir stimulait son appétit, il devait bien en convenir.

— Je vous paierai pour la nourriture et la chambre, naturellement, dit-elle.

— Il n'en est pas question : vous êtes mon invitée.

— Non, non, je tiens à vous indemniser !

Gabe trouva intéressant le contraste entre son menton relevé d'une façon orgueilleuse et combative, et la délicatesse de son cou gracile. Il nota également qu'elle ne portait aucun bijou, pas même une alliance.

— Vous avez fait le dîner, souligna-t-il. Nous sommes donc quittes.

Sa fierté aurait poussé Laura à s'obstiner dans son refus, si la pensée du peu d'argent dont elle disposait ne l'en avait finalement dissuadée.

— Entendu, et merci, dit-elle avant de soulever son verre de lait.

C'était un aliment qu'elle détestait, et le café préparé pour Gabe exhalait une odeur alléchante, mais son état lui interdisait d'en boire.

— Vous vivez ici depuis longtemps ? demanda-t-elle.

— Six mois.

Cette information la rassura un peu. A en juger par le nombre de toiles réalisées pendant cette période, Gabe devait passer ses journées à peindre, et elle n'avait encore vu ni journaux ni télévision dans le chalet.

— Lorsque je suis entrée dans cette pièce, je n'en ai pas cru mes yeux, déclara-t-elle. J'ai tout de suite reconnu votre style. Mon… Enfin, une de mes relations a même acheté deux de vos tableaux. Celui que je préfère représente une forêt. Quand je la regarde, j'ai l'impression d'être irrésistiblement attirée dans ses profondeurs et d'y goûter une paix qui me donne envie d'y rester à jamais.

Gabe se rappelait cette peinture et, bizarrement, elle lui inspirait le même sentiment qu'à Laura. Il n'en était pas absolument certain, mais il lui semblait que l'acquéreur habitait la côte Est — New York, Boston, ou Washington, peut-être… S'il voulait en avoir le cœur net, un coup de téléphone à son agent suffirait à le renseigner.

— Vous ne m'avez pas dit d'où vous veniez, observa-t-il.

— Non.

Bien que son appétit se fût brusquement envolé, la jeune femme se força à continuer de manger. Comment avait-elle pu être assez bête pour parler de ce tableau ? C'était Tony qui l'avait acheté ou, plutôt, qui avait chargé l'un de ses hommes de confiance de l'acheter à titre d'investissement.

— J'ai habité Dallas, indiqua-t-elle finalement.

Deux mois seulement — le temps que les détectives privés engagés par les Eagleton retrouvent sa trace et l'obligent à fuir de nouveau —, mais cela, Gabe ne devait pas le savoir.

— Vous n'avez pourtant pas l'accent texan, remarqua-t-il.

— Je n'ai pas vécu assez longtemps là-bas pour l'attraper. Et vous, d'où êtes-vous originaire ?

— De San Francisco.

— Oui, c'est vrai, je me rappelle avoir lu un article sur vous dans une revue… J'ai toujours rêvé de visiter

San Francisco. Les collines, la baie, Chinatown... Pour beaucoup de gens, c'est la plus belle ville des Etats-Unis.

Laura avait décidé de faire parler Gabe de lui. L'expérience lui avait appris que, une fois lancés sur ce sujet, les hommes oubliaient tout le reste.

Le cri étouffé qui lui échappa soudain ramena cependant sur elle l'attention de son interlocuteur.

— Qu'y a-t-il ? demanda-t-il d'une voix inquiète.

— Rien de grave. Le bébé vient de me donner un coup de pied particulièrement violent, c'est tout.

Le sourire qui accompagna ces paroles n'empêcha pas Gabe de noter que Laura avait les yeux cernés, et le visage de nouveau très pâle.

— Ecoutez, déclara-t-il, je ne sais pas ce qui est normal ou anormal pour une femme enceinte, mais le simple bon sens me dit que vous avez besoin de vous reposer.

— Je suis fatiguée, je l'avoue. Je vais m'étendre un moment, si vous n'y voyez pas d'inconvénient.

— La chambre est à côté.

Gabe se leva et, ne sachant trop si Laura était capable ou non de se tenir debout toute seule, il lui tendit la main.

— Je m'occuperai de la vaisselle plus tard, dit-elle, quand...

Les mots moururent sur ses lèvres : ses jambes ne la portaient plus, subitement. Elle vacilla, et sans doute serait-elle tombée, si Gabe ne l'avait saisie par la taille.

— Excusez-moi, murmura-t-elle. La journée a été bien remplie, et j'ai un peu présumé de mes forces.

Sa raison lui conseillait de s'écarter de Gabe, mais elle n'arrivait pas à s'y résoudre : il y avait quelque chose d'infiniment agréable à s'abandonner contre le corps robuste d'un homme.

— Je me sentirai mieux après une petite sieste, ajouta-t-elle pour meubler le silence gêné qui s'était installé.

L'urgence de la situation n'avait pas laissé à Gabe le temps de réfléchir : il avait enlacé Laura sans songer que ce geste pouvait lui faire du mal. Ce n'était apparemment pas le cas, mais elle paraissait soudain si faible et désarmée qu'il répugnait à la lâcher. L'idée qu'elle avait besoin de lui le remplissait d'une étrange émotion. Il avait envie de la réconforter, de la protéger…

Agacé par la tournure que prenaient ses pensées, Gabe y coupa court en soulevant la jeune femme dans ses bras et en se dirigeant vers la chambre d'un pas décidé.

Laura ouvrit la bouche pour protester, mais y renonça finalement faute de savoir si elle était en état de marcher.

— Je dois peser une tonne, observa-t-elle.

— Non, vous êtes beaucoup moins lourde que je ne le craignais.

Compte tenu de sa fatigue, la jeune femme fut surprise de constater qu'elle avait encore la force de rire.

— Quel charmeur vous faites !

— Désolé, mais je n'ai pas eu souvent l'occasion de flirter avec une femme enceinte.

— Ne vous excusez pas ! Vous m'avez procuré un

abri contre la tempête, et cela rachète à mes yeux tous vos péchés passés, présents et à venir.

Les paupières de Laura commençaient à se fermer d'elles-mêmes. Elle eut vaguement conscience que Gabe la couchait sur un lit, et se laissa aller au plaisir d'être allongée.

— Merci, murmura-t-elle.

— Vous n'êtes pas obligée de me remercier toutes les cinq minutes, grommela Gabe en tirant sur elle une couette un peu défraîchie. La meilleure façon de me témoigner votre reconnaissance sera de dormir et de ne pas accoucher six semaines avant terme.

— D'accord... Gabe ?

— Oui ?

— Vous pourrez vérifier de temps en temps si la ligne est rétablie ?

— Entendu.

Laura était déjà à moitié endormie, et Gabe hésita à profiter de sa vulnérabilité pour lui soutirer des informations. La curiosité pourtant fut la plus forte.

— Vous voulez que je téléphone à quelqu'un pour lui dire où vous êtes ? Votre mari, par exemple ?

Les yeux de la jeune femme s'ouvrirent tout grands. Soit il s'était trompé en la croyant déjà assoupie, soit sa question l'avait réveillée.

— Je ne suis pas mariée, répondit-elle d'une voix claire et posée. Il n'y a personne à appeler.

2

Dans son rêve, Laura était seule, mais cela ne l'effrayait pas, car elle l'avait été durant la majeure partie de sa vie. Le cadre qui l'entourait avait des contours flous, vaporeux, comme la marine de Gabe accrochée au mur du séjour.

Bizarrement, car elle savait pertinemment qu'elle se trouvait dans les montagnes du Colorado, le bruit de l'océan lui parvenait comme un murmure lointain et apaisant. Une brume légère enveloppait le paysage, et ses pieds s'enfonçaient dans un sable tiède, doux comme de la soie. Elle se sentait forte, pleine d'assurance et d'énergie. Cela faisait très longtemps qu'elle n'avait éprouvé un tel sentiment de liberté et de bien-être.

Et puis, brusquement, les pleurs d'un nouveau-né percèrent le silence. Le pouls de Laura s'accéléra, une sueur froide l'inonda et la brume se dissipa, révélant un ciel chargé de gros nuages noirs.

Les pleurs semblaient venir de partout et de nulle part. Ils résonnaient dans l'air soudain glacé et l'emplissaient de leurs échos déchirants. Folle d'angoisse, les épaules secouées de sanglots, Laura courait en tous sens dans l'obscurité grandissante. Enfin, elle vit le berceau et, les jambes molles de soulagement, elle souleva le bébé dans ses bras.

— Tout va bien, chuchota-t-elle. Je suis là.

Elle berça longuement l'enfant emmitouflé dans une couverture. Elle en percevait la chaleur contre sa poitrine, le souffle sur sa joue, et pourtant, quand elle écarta les pans de la couverture, ce fut pour découvrir qu'il n'y avait rien dessous.

Gabe était assis à la table de camping, en train de dessiner le visage de Laura, lorsqu'il l'entendit pousser un cri, puis une longue plainte, où s'exprimait une telle douleur qu'il bondit de son siège et se précipita dans la chambre.

— Vous ne vous sentez pas bien ? demanda-t-il en prenant la jeune femme par les épaules.

Elle tressaillit violemment, puis tenta de se libérer de son étreinte.

— Vous avez mal quelque part ? déclara-t-il, affolé. C'est le bébé ? Je vous en prie, dites-moi ce qui se passe !

— Ils m'ont volé mon enfant ! cria-t-elle d'une voix empreinte d'hystérie et de rage mêlées. Aidez-moi ! Ils m'ont volé mon enfant !

— Ah ! Je comprends, maintenant : vous avez fait un cauchemar.

— Non, je…

— Si. D'ailleurs, je vais vous le prouver.

Bien que Laura continuât de se débattre avec une

force dont il ne l'aurait pas crue capable, Gabe lui saisit la main et la lui posa sur le ventre.

— Vous voyez ? Votre bébé n'est pas encore né. Vous n'avez rien à craindre, et lui non plus. Calmez-vous, sinon vous allez finir par vous rendre malade.

Une vague de soulagement inonda Laura quand elle sentit la vie frémir sous ses doigts.

— Je... Excusez-moi..., balbutia-t-elle. C'était juste un rêve, en effet, mais il semblait tellement réel...

— Tout va bien, chuchota Gabe. Je suis là.

Les mots mêmes qu'elle avait prononcés dans son sommeil pour rassurer son enfant, songea la jeune femme. Et, comme elle l'avait fait pour lui, Gabe se mit à la bercer, jusqu'à ce qu'elle cesse de trembler.

Pendant ses vingt-cinq années d'existence, très rares avaient été les occasions où elle s'était vu offrir protection et réconfort. Les circonstances lui interdisaient cependant de compter sur personne d'autre qu'elle-même... Aussi, résistant à la tentation de prolonger ce moment trop agréable pour ne pas être dangereux, elle repoussa doucement Gabe et murmura :

— Je vais mieux, maintenant. Ce mauvais rêve est dû à l'accident et à la peur que j'ai eue de perdre mon bébé.

Gabe s'écarta de Laura à regret. Il avait voulu continuer de la tenir dans ses bras, pour la rassurer, la protéger. Quand elle lui avait demandé de l'aider, l'étrange certitude lui était venue qu'il était prêt à tout pour la défendre. Contre qui ? Il l'ignorait. Pourquoi se sentait-il à ce point concerné par les problèmes d'une inconnue ? Il ne le savait pas non plus. Tout ce dont il était sûr, c'était que la terreur reflétée par ce cauchemar n'avait aucun rapport avec l'accident.

— Vous mentez, déclara-t-il. De façon générale, je ne force pas les gens à me raconter leur vie, mais là, vous êtes sous mon toit pour une durée indéterminée, et j'ai besoin de comprendre ce qui se passe.

— Je ne vous mens pas, dit la jeune femme d'une voix si ferme qu'il faillit la croire. Mon rêve est la simple conséquence de…

— Qui fuyez-vous, Laura ?

Elle ne répondit pas. Ses grands yeux bleus fixaient Gabe, calmes et impénétrables. Il jura entre ses dents, mais elle ne broncha pas. Furieux, il se releva et se mit à arpenter la pièce, mais elle ne tourna même pas la tête pour le suivre du regard. Il revint s'asseoir sur le lit, la prit par le menton, et si ce geste la fit enfin réagir, ce fut d'une façon totalement inattendue : Gabe eut l'impression qu'elle retenait son souffle et se raidissait, comme dans l'attente d'un coup.

— Ecoutez, je vois bien que vous avez des ennuis, insista-t-il, et j'aimerais vous aider, mais pour cela, il me faut des informations précises. Dites-moi qui vous poursuit et pourquoi !

Nouveau silence, mais, comme mues par une volonté indépendante de la sienne, les mains de Laura se posèrent sur son ventre.

Le bébé étant manifestement au cœur du problème, Gabe résolut de commencer par là :

— Votre enfant a un père… C'est lui que vous fuyez ?

— Non.

— Qui, alors ?

— C'est une longue histoire.

— Nous avons tout notre temps. Il neige toujours aussi fort, si bien qu'il peut se passer une semaine entière avant que les routes soient de nouveau praticables.

— Je partirai dès qu'elles le seront, mais je vous demande de ne pas m'interroger. Moins vous en saurez, mieux cela vaudra.

— Je ne suis pas de cet avis.

Gabe se tut le temps de trouver un autre angle d'attaque, puis il reprit :

— J'ai l'impression que votre bébé est très important pour vous.

— Rien ne compte plus que lui.

— Vous êtes visiblement stressée… Vous pensez que c'est bon pour lui ?

Diverses émotions se succédèrent sur le visage de Laura — du regret, de l'inquiétude et, enfin, une sorte de sombre détermination.

— Entre deux maux, il faut choisir le moindre, déclara-t-elle. Cela étant, je reconnais que vous avez le droit de me poser des questions.

— Mais vous ne comptez pas y répondre…

— Je ne vous connais pas. Je dois vous faire confiance, jusqu'à un certain point, parce que je n'ai pas le choix, mais je vous demande d'adopter la même attitude envers moi.

— Rien ne m'y oblige.

— Très bien, dans ce cas je vais satisfaire votre curiosité ! Je n'ai commis aucun crime, je ne suis pas recherchée par la police et je n'ai ni mari ni famille… Cela vous suffit ?

— Pour ce soir, parce que vous avez besoin de vous reposer, mais nous reprendrons cette conversation demain.

Laura acquiesça de la tête. Même court, ce sursis était le bienvenu, et elle avait appris à apprécier le plus petit cadeau que la vie lui faisait.

Quand Gabe eut quitté la pièce, elle referma les yeux, mais le sommeil fut ensuite très long à venir.

Un silence absolu accueillit Laura à son réveil. Désorientée, elle essaya de se rappeler l'endroit où sa longue errance l'avait conduite la veille. Le nombre de chambres différentes où elle avait dormi au cours des mois précédents l'obligeait à faire cet effort de mémoire tous les matins.

Un flot d'images et de souvenirs l'assaillit soudain. Gabriel Bradley, le blizzard, le chalet, le cauchemar, l'angoisse où il l'avait plongée, et le merveilleux sentiment de sécurité qu'elle avait éprouvé dans les bras de Gabe…

Inquiète de la douce émotion que le rappel de ce moment lui procurait, elle tourna la tête vers la fenêtre. La neige tombait toujours ; il ne lui serait donc pas possible de partir aujourd'hui. Elle se surprit à espérer que le soleil ne revienne jamais, que le temps s'arrête et lui permette de rester là, à l'abri et au chaud, éternellement protégée des dangers du monde extérieur.

Mais le temps ne s'arrêtait jamais, et l'enfant

qu'elle portait, plus présent de jour en jour, était là pour le lui rappeler. Résignée, la jeune femme se leva et ouvrit sa valise. Elle voulait se rendre présentable avant d'affronter Gabe.

Le poêle du séjour était allumé et un bon feu brûlait dans la cheminée, constata-t-elle dix minutes plus tard, mais la maison était vide. Elle aurait dû en être soulagée, et pourtant l'absence de Gabe lui donna un sentiment d'abandon.

C'était ridicule ! songea-t-elle, décidée à combattre cette peur soudaine de la solitude. Elle n'avait pas besoin de lui, et il finirait bien par revenir, de toute façon !

En se dirigeant vers la cuisine pour préparer le petit déjeuner, elle aperçut une demi-douzaine de croquis d'elle posés sur la table de camping. Exécutés au fusain, ils témoignaient d'un talent indéniable, mais Laura s'en approcha avec une certaine appréhension. L'idée de découvrir comment quelqu'un d'autre ou, plus exactement, comment Gabriel Bradley la percevait la rendait nerveuse.

Elle trouva ses yeux trop grands, son regard trop tourmenté, son expression trop grave. Ce visage n'était pas celui qui avait été photographié sous tous les angles et reproduit sur le papier glacé de célèbres magazines de mode.

Laura Malone… Elle avait presque oublié cette femme qui, enveloppée dans des soies chatoyantes et de somptueuses fourrures, avait fait vendre des flacons de parfums par milliers, des vêtements de grands couturiers par centaines. Cette femme qui, pendant un court moment, avait maîtrisé son destin.

Celle que montraient les croquis était plus douce, plus ronde. Elle paraissait plus fragile, mais aussi, curieusement, plus forte. Intriguée, Laura se pencha sur l'un des dessins. Cette impression avait-elle une réalité, ou était-ce le fruit de son imagination, parce qu'elle voulait se croire forte, parce qu'elle en avait besoin ?

La porte s'ouvrit, et Gabe apparut, les bras chargés de bûches. Il la referma d'un coup de talon, tapa des pieds pour secouer la neige collée à ses bottes, puis alla déposer son fardeau dans le coffre à bois.

— Bonjour, dit Laura. Vous êtes matinal !

— Vous aussi. Je pensais que vous alliez dormir plus longtemps.

— J'aurais bien aimé, mais le bébé, lui, était d'un autre avis... Je vais préparer le petit déjeuner.

— J'ai déjà pris le mien, mais comme vous n'avez pas beaucoup mangé hier soir, vous devez être affamée, alors n'hésitez pas à puiser dans les provisions !

Reconnaissante à Gabe de sa gentillesse, Laura eut envie de s'attarder un peu avec lui. Il enleva son anorak et s'assit sur une chaise pour retirer ses bottes.

— J'ai l'impression qu'il neige moins, observa la jeune femme.

— Il y a déjà presque un mètre dehors, et je doute que le temps ne se lève avant la fin de l'après-midi.

— Je ne voulais pas être indiscrète, mais j'ai vu les croquis que vous avez faits de moi. Je suis flattée.

— J'aurais peut-être dû vous demander la permission, mais vous êtes très belle, et je ne peux résister à l'envie de dessiner les belles choses.

— Vous avez de la chance : le talent apporte tellement plus de satisfactions que la beauté… Et ce que vous venez de dire suffirait à le prouver, s'il en était besoin : vous avez parlé de moi comme d'un objet. La beauté a tendance à occulter la personne qui la possède.

L'amertume qui perçait dans la voix de Laura étonna Gabe et aviva sa curiosité. A quoi était-elle due ? Il tenta de trouver un moyen détourné de le savoir, mais il cherchait encore une réponse à sa question alors que la jeune femme avait déjà disparu dans la cuisine.

Installé dans la pièce qui lui servait à la fois de séjour et d'atelier, Gabe ne revit pas Laura de la matinée. Il l'entendait s'affairer dans la pièce voisine, apparemment occupée à ranger, nettoyer et cuisiner. Il comptait avoir obtenu des réponses à ses interrogations avant le soir, mais elle paraissait avoir besoin de se dépenser physiquement, et il avait décidé de la laisser tranquille pour l'instant.

Cette débauche d'énergie le surprenait pourtant : il croyait que les femmes enceintes passaient leurs journées à tricoter de la layette ou à somnoler dans un fauteuil. Mais peut-être Laura cherchait-elle dans cette activité débordante un dérivatif à ses problèmes. A moins qu'elle n'y vît un moyen de retarder la reprise de la conversation interrompue la veille…

Après le déjeuner, elle s'installa sur le vieux canapé

du séjour avec un livre. Gabe continua de travailler en silence, mais quand, au bout d'une heure, elle retourna dans la cuisine, il l'y suivit avec son carnet à dessin, s'assit à la table où elle avait commencé à peler des pommes et lui déclara sans préambule :

— Pourquoi Denver ?

Le couteau à éplucher glissa, mais la jeune femme ne leva pas la tête et répondit sans interrompre sa tâche :

— Parce ce que je n'y suis jamais allée.

— Compte tenu des circonstances, vous ne seriez pas mieux dans un endroit que vous connaissez ?

— Non.

— Pourquoi avez-vous quitté Dallas ?

— Par obligation.

— Où est le père de votre enfant ?

— Il est mort.

Etait-ce vrai ? se demanda Gabe, surpris de ne percevoir aucune trace d'émotion dans la voix de Laura.

— Regardez-moi ! ordonna-t-il.

Elle obéit, et il vit dans ses yeux qu'elle ne mentait pas.

— Vous n'avez pas de parents qui pourraient vous aider ?

— Non.

— Votre compagnon n'avait pas de famille, lui non plus ?

Le couteau glissa de nouveau et, cette fois, la pointe s'enfonça dans le doigt de Laura, y faisant une entaille d'où du sang se mit à couler.

— Je vais vous chercher un pansement, dit Gabe en repoussant sa chaise.

— Inutile, c'est une simple égratignure.

Mais Gabe avait déjà quitté la pièce, laissant sur la table un carnet sur lequel la jeune femme aperçut son visage dessiné de trois quarts.

Quand il revint, il nettoya la blessure avec un désinfectant. Les attentions qu'il lui témoignait, alliées à la douceur de ses gestes, la touchèrent profondément.

— Si vous continuez comme ça, je finirai par penser que vous avez une prédisposition aux accidents, dit-il.

— Et moi, je vais vous prendre pour le bon Samaritain, répliqua-t-elle avec un sourire.

Gabe ne fit pas de commentaire. Il posa le pansement sur la coupure et alla se rasseoir.

— Vous pourriez tourner un peu la tête vers la gauche ? demanda-t-il. J'aimerais dessiner votre profil. Parfait… Si vous m'expliquiez, maintenant, pourquoi elle veut votre enfant ?

— De qui parlez-vous ?

— Vous m'avez très bien compris. La famille du père veut le bébé… Pourquoi ?

— Je n'ai jamais dit cela !

— Pas explicitement, mais tout porte à le croire, alors arrêtez de tergiverser et répondez-moi !

La nervosité de Laura était palpable, mais il y avait plus de détermination que de peur dans sa voix quand elle riposta :

— Je n'ai pas d'ordres à recevoir de vous !

Ses yeux lançaient des éclairs, et un petit frisson d'excitation parcourut Gabe : le peintre en lui était captivé par la colère très humaine qui enflammait soudain ce visage d'ange. Il trouva en revanche très étrange, et très alarmant, l'élan de désir qui le souleva juste après. Il décida cependant de l'ignorer et reprit son interrogatoire :

— Pourquoi la famille du père veut-elle votre enfant, Laura ? Comme j'insisterai jusqu'à ce que j'obtienne une réponse, autant me la donner tout de suite ! Que craignez-vous, d'ailleurs ? Que je vous livre pieds et poings liés à ces gens ? Réfléchissez ! Je n'ai aucune raison de le faire.

Alors qu'il se croyait au bord de la colère, Gabe se surprit à poser sa main sur celle de Laura dans un geste presque tendre. Et sa surprise grandit lorsqu'elle entrelaça leurs doigts. Leurs regards se croisèrent, et des émotions qu'il ne pensait plus jamais éprouver l'envahirent.

— Vous m'avez demandé de vous aider, hier soir, souligna-t-il d'une voix douce.

— Je sais, mais vous ne le pouvez pas.

— Laissez-moi en juger. Je n'ai rien d'un bon Samaritain, je n'ai pas envie de m'occuper des problèmes des autres en plus des miens, mais je n'ai pas le choix : tant que vous serez sous mon toit, je me sentirai responsable de vous. Il semble qu'une menace pèse sur vous. Comment voulez-vous que je vous en protège, si je n'en connais pas la nature ?

Laura hésita, mais elle était lasse de fuir, lasse de se battre seule. Elle avait besoin d'un ami, et la main de Gabe sur la sienne lui donnait envie de croire qu'elle venait de s'en trouver un. Il aurait été dangereux de lui raconter toute l'histoire, mais elle pouvait au moins lui en révéler une partie.

— Comme je vous l'ai déjà dit, le père de mon bébé est mort, et ses parents souhaitent récupérer l'enfant pour l'élever eux-mêmes, mais je suis sa mère, et sa place est avec moi.

Le regard farouche de Laura évoqua à Gabe une lionne défendant ses petits.

— Dans la mesure où personne n'a en effet le droit de vous enlever votre bébé, déclara-t-il, pourquoi vous sentez-vous obligée de fuir ?

— Ces gens sont riches et puissants.

— Et alors ?

— Et alors ! répéta la jeune femme d'une voix vibrante de colère.

Puis, d'un geste brusque, elle dégagea sa main. Ce contact physique qui lui avait apporté un tel réconfort lui était soudain devenu insupportable.

Trop agitée pour rester assise, elle se leva et se mit à marcher de long en large dans la pièce avant de répondre :

— Vous ne pouvez pas comprendre. Vous appartenez au même milieu qu'eux, vous êtes habitué à ce que tout le monde se plie à votre volonté, parce que personne n'ose vous défier. Votre sort n'a jamais dépendu et ne dépendra jamais des caprices des autres. Ce n'est pas le cas pour moi, mais cette fois, je ne me laisserai pas faire : je me battrai jusqu'au bout pour garder mon enfant.

— Il ne suffit pas d'avoir de l'argent pour satisfaire tous ses désirs, objecta Gabe.

— Ah, non ? Vous, par exemple, vous vouliez une maison isolée qui vous permettrait de peindre sans être dérangé… Vous avez dû réfléchir, attendre, économiser, avant de vous en offrir une ? Bien sûr que non ! Vous n'avez eu qu'à signer un chèque et à vous installer !

— Il n'y a aucune comparaison possible entre le fait d'acheter un chalet et celui de prendre un bébé à sa mère.

— Pour certains, c'est la même chose : un enfant est un bien comme un autre.

— Vous dramatisez !

— Pas du tout. C'est vous qui êtes naïf.

Les critiques de Laura avaient irrité Gabe, mais cette dernière remarque l'amusa beaucoup.

— Moi, naïf ? s'exclama-t-il. Je ne pensais pas m'entendre un jour appliquer ce qualificatif… Rasseyez-vous, maintenant ! Vous me rendez nerveux, à tourner ainsi comme un ours en cage : j'ai peur que vous ne tombiez, ou que vous ne heurtiez un meuble.

— Je ne suis pas en sucre, marmonna la jeune femme, qui obéit pourtant. Je me porte même comme un charme : j'ai passé une visite médicale à Dallas, et tout va bien. J'accoucherai dans quelques semaines à Denver, et ensuite je disparaîtrai avec mon bébé.

La femme que Gabe avait aujourd'hui en face de lui semblait assez forte et résolue pour mener ce projet à bien, mais celle qu'il avait vue la veille en proie au plus profond désarroi en était-elle capable ?

Il jugea inutile de lui parler des risques qu'un stress

permanent lui faisait courir, mais il savait à présent comment s'y prendre pour la raisonner.

— Vous ne trouvez pas que cette fuite incessante est injuste pour votre bébé ?

— Si, terriblement injuste, mais ce serait encore pire, si je laissais ces gens me l'enlever.

— Pourquoi êtes-vous si sûre qu'ils en ont l'intention ?

— Parce qu'ils me l'ont dit. Ils m'ont expliqué que c'était la meilleure solution pour moi comme pour l'enfant, et ils sont allés jusqu'à m'offrir de l'argent en échange du bébé. J'ai refusé, naturellement, et ils m'ont alors annoncé qu'ils me le prendraient, tout simplement.

Voyant que le seul souvenir de cette scène arrachait un frisson à Laura, Gabe éprouva un violent dégoût pour ceux qui l'avaient traitée de façon aussi odieuse.

— Ce sont des menaces en l'air, déclara-t-il. Aucun juge ne vous retirera la garde de votre bébé uniquement parce que ces gens la demandent.

— Je suis loin d'en être certaine. Ils ont des relations, et les moyens d'engager les meilleurs avocats du pays... Je ne peux pas lutter à armes égales avec eux, et je veux de toute façon épargner à mon enfant les conséquences de la publicité, des rumeurs et de la curiosité malsaine que provoquerait ce procès à cause de la position sociale de ces gens. Un enfant a besoin d'amour et de stabilité, et je veillerai à ce que le mien n'en manque jamais, même si je dois pour cela aller me cacher avec lui au bout du monde.

— C'est votre droit, mais il vous faudra tôt ou tard attaquer le problème de front.

— Je le ferai le moment venu.

— Vous avez de quoi survivre le temps d'être en état de travailler, au moins ?

— J'ai assez d'argent pour couvrir mes frais médicaux, et il m'en restera ensuite un peu.

Gabe soupira. Il aurait dû laisser Laura se débrouiller toute seule. Elle était dans une situation difficile, mais cela ne le regardait pas... L'ennui, c'est qu'il n'arrivait pas à s'en convaincre : à l'instant même où il lui avait offert son bras pour traverser la route, il s'était senti responsable d'elle. Et maintenant, pour la première fois depuis presque un an, il pensait à autre chose qu'à ses propres malheurs.

— J'ai envie de peindre un tableau de vous, dit-il de but en blanc. Je vous paierai au tarif habituel des modèles professionnels, et vous serez en plus nourrie et logée.

— Je ne veux pas de votre argent.

— Vous aviez pourtant l'air de trouver que j'en avais trop, tout à l'heure !

Le rouge de la honte empourpra les joues de la jeune femme.

— Excusez-moi, murmura-t-elle, j'ai été injuste. Vous n'avez pas choisi de naître riche, après tout.

— Peu importe ! Tout travail mérite salaire, et je ne vois pas pourquoi vous poseriez pour moi gratuitement. Je peins à mon rythme, et vous devrez donc être patiente, mais eu égard à votre état, je suis prêt à faire des concessions : je m'arrêterai dès que vous serez fatiguée.

Cette offre était tentante, très tentante, même...,

songea Laura. Son expérience de top model lui permettrait de satisfaire aux exigences de Gabe, et le salaire qu'elle toucherait, d'envisager l'avenir avec plus de confiance.

— J'aimerais accepter, déclara-t-elle, mais vous êtes un artiste célèbre. Si ce portrait est exposé dans une galerie, ceux qui me recherchent me reconnaîtront.

— C'est vrai, mais rien ne m'oblige à leur dire, à eux ou à qui que ce soit, où et quand je vous ai rencontrée. Personne ne pourra retrouver votre trace par mon intermédiaire, je vous en donne ma parole.

La jeune femme hésita encore un moment, puis elle acquiesça.

Certains risques valaient la peine d'être courus.

La neige continua de tomber toute la journée, et puis, la nuit venue, elle s'arrêta brusquement, comme si une main invisible avait tourné un interrupteur.

Laura ne s'en serait peut-être pas rendu compte, si elle n'avait pas été en train de regarder par la fenêtre à ce moment précis. Elle en éprouva la même pointe de déception qu'autrefois, petite fille, à la fin d'un orage ou d'une tempête. Puis la même envie la saisit, juste après, d'aller respirer l'air du dehors, et elle enfila son manteau pour sortir sur la terrasse.

Il n'y avait ni lune ni étoiles dans le ciel, et comme la lumière de la lampe extérieure n'éclairait pas à plus de quelques mètres, la jeune femme ne voyait qu'un épais tapis blanc dont l'étendue se perdait ensuite dans l'obscurité. Le silence absolu aurait pu être effrayant. L'isolement pesant… Le chalet aurait pu ressembler à une prison… Mais, pour Laura, c'était une forteresse rassurante.

Elle était décidée à faire de nouveau confiance à quelqu'un, et rien n'aurait mieux su la convaincre de la justesse de sa décision que la paix de cette nature ensevelie sous la neige.

Même si Gabe paraissait sujet aux sautes d'humeur, c'était un homme de parole, elle en avait la certitude, et l'accord qu'ils avaient conclu était équitable : Gabe avait trouvé en elle une source d'inspiration, et il lui offrait en échange une pause dont elle avait cruellement besoin.

Par fierté, elle ne lui avait pas dit à quel point elle était fatiguée, et quel effort de volonté il lui avait fallu fournir pour ne pas aller se coucher au milieu de la journée. Physiquement, sa grossesse se passait bien : elle était jeune et en bonne santé. Moralement, en revanche, les mois précédents l'avaient obligée à puiser dans ses réserves. Ce séjour dans les montagnes du Colorado lui permettrait de retrouver l'énergie nécessaire pour contrer les attaques des Eagleton.

Gabe n'avait pas l'air de comprendre le pouvoir que leur conféraient leur argent et leurs relations, mais elle savait, elle, de quoi ils étaient capables. N'avaient-ils pas usé de leur influence pour garder secrètes les fautes de leur fils ? Quelques coups de téléphone ne leur avaient-ils pas suffi pour cacher la vérité sur l'accident dans lequel sa passagère et lui avaient péri ?

Les médias n'avaient parlé ni d'alcoolisme ni d'adultère. Aux yeux du public, c'était à cause d'une chaussée glissante et d'un problème de direction qu'Anthony Eagleton, seul héritier de la fortune familiale, s'était tué, et non parce qu'il conduisait en état d'ivresse. Et la femme qui l'accompagnait n'était pas sa maîtresse, mais sa secrétaire.

La procédure de divorce engagée par Laura avait également été passée sous silence. Aucune trace de scandale ne devait ternir la mémoire d'Anthony et l'honneur des Eagleton. Laura avait été sommée de jouer les veuves éplorées, et si elle avait en effet pleuré, à l'enterrement, ce n'était pas ce qu'elle venait de perdre sur cette petite route du Massachusetts, mais ce qu'elle avait perdu bien avant, dès le début de son mariage.

Les regrets ne servaient à rien, se dit-elle. Il lui fallait maintenant se tourner vers l'avenir. Même si Tony l'avait rendue malheureuse, ils avaient créé ensemble une vie qu'elle devait à présent protéger, coûte que coûte.

— A quoi pensez-vous ?

Brutalement arrachée à ses réflexions, la jeune femme sursauta.

— Gabe ? Je ne vous avais pas entendu arriver ! déclara-t-elle avec un petit rire gêné.

— Que faites-vous dehors par ce froid ?

— J'avais envie de prendre l'air. Quelle quantité de neige est-il tombé, à votre avis ?

— Entre un mètre vingt et un mètre cinquante.

— Je n'en avais encore jamais vu autant. J'ai du

mal à imaginer qu'elle finira par fondre et que l'herbe repoussera.

— J'ai emménagé dans ce chalet au mois d'octobre, et elle recouvrait déjà toute la région. Je ne sais pas ce qu'il y a dessous.

— Combien de temps allez-vous rester ici ?

— Je l'ignore. Je n'y ai pas encore réfléchi.

Bien qu'elle lui enviât cette absence de contraintes, ce fut en souriant que Laura observa :

— Tous ces tableaux… Vous ne comptez pas les exposer ?

— Si, un jour, mais rien ne presse.

— Les œuvres d'art sont faites pour être admirées. C'est un crime d'empêcher les gens d'en profiter.

— J'estime, moi, que leur auteur a le droit de choisir le moment où il les montrera au public.

— Pourquoi vous êtes-vous installé dans ce coin perdu ? Vous vous cachez ?

— Non, je travaille.

— Je suis sûre qu'un peintre de votre renom peut travailler n'importe où. S'il veut être tranquille, il lui suffit de le dire pour que personne n'ose le déranger.

— Peut-être, mais j'ai parfois besoin d'un complet isolement pour me ressourcer.

Les questions de Laura avaient mis Gabe mal à l'aise. Il n'y avait pas répondu franchement, mais ses douloureux souvenirs le hantaient toujours, et il répugnait à en parler. Même s'il avait été en veine de confidences, d'ailleurs, Laura avait déjà assez de problèmes sans qu'il l'ennuie avec les siens.

Il l'observa attentivement et, l'artiste en lui reprenant soudain le dessus, il lui entoura le visage de ses mains, le tourna vers la lumière et murmura :

— C'est étrange… Vos yeux disent tout ce qu'un homme souhaite entendre d'une femme, et en même temps tellement de choses qu'il ne veut pas entendre…

Laura resta silencieuse, non parce qu'elle avait l'esprit vide, mais au contraire parce que trop de pensées et d'émotions s'y bousculaient. Elle croyait pourtant ne plus jamais rien éprouver de tel, et surtout pas l'émoi que lui causaient les doigts de Gabe sur sa peau.

Le trouble de ses sens la surprit donc, et la gêna un peu, mais plus déstabilisante encore fut l'envie irrépressible qui l'accompagna de voir cet homme ignorer sa beauté et chercher à connaître la personne qu'elle était vraiment. Il ne fallait cependant pas l'espérer : l'intensité du regard fixé sur elle n'allait pas au-delà du simple intérêt d'un peintre pour son modèle.

— Je suis fatiguée, déclara-t-elle. Je vais me coucher.

Gabe tressaillit, comme tiré d'un rêve éveillé, mais il garda le visage de Laura entre ses mains et continua de scruter les profondeurs de ces yeux qui le fascinaient tant.

L'inconvenance de ce comportement finit toutefois par lui apparaître. Il lâcha la jeune femme et lui ouvrit la porte.

— Bonne nuit, Gabe.

— Bonne nuit.

Une fois seul, il se demanda ce qui lui arrivait, car, l'espace d'un instant — non, pendant beaucoup plus longtemps —, il avait désiré Laura.

Ce constat le remplit d'un profond dégoût de

lui-même. Il fallait vraiment être tombé bien bas pour songer à faire l'amour à une femme qui allait accoucher dans six semaines de l'enfant d'un autre !

Accablé, il alluma une cigarette et passa l'heure suivante à tenter de se persuader qu'il avait pris pour du désir une simple émotion esthétique devant la beauté faite femme.

3

L'impression de sérénité qui émanait de Laura intriguait Gabe. L'encolure de son pull-over rose pâle dégageait son cou gracieux, et ses cheveux blonds formaient comme une auréole autour de sa tête. Aujourd'hui encore, elle ne portait aucun bijou — rien qui puisse attirer l'attention sur elle, rien qui puisse l'en détourner.

Gabe utilisait rarement des modèles, car même s'ils parvenaient à garder la pose aussi longtemps qu'il le demandait, une expression d'ennui ou d'impatience finissait toujours par apparaître sur leur visage. Laura, elle, semblait pouvoir rester éternellement assise dans la même position, avec le même sourire de madone sur les lèvres.

Ce calme et cette douceur étaient cependant trompeurs, Gabe le savait pour avoir déjà vu une Laura très différente : volontaire, farouchement décidée à défendre ce qui lui appartenait. Et, à en juger par son histoire, elle n'avait rien d'autre au monde que son enfant à naître.

Elle ne lui avait pas tout dit, songea Gabe en dessinant la courbe d'un sourcil. Les quelques informations qu'elle lui avait fournies étaient juste destinées à l'empêcher de poser d'autres questions. Et il n'en avait pas posé. Il n'était pas habitué à se contenter d'explications fragmentaires, mais il n'avait pas eu le cœur d'exiger un récit complet : le peu que Laura s'était résignée à raconter lui avait déjà visiblement beaucoup coûté.

D'après la radio, aucune route secondaire n'avait encore été dégagée, et les météorologues annonçaient de nouvelles chutes de neige. Les conditions de circulation ne seraient pas revenues à la normale avant deux ou trois semaines ; Gabe avait donc tout son temps.

Curieusement, parce qu'il s'attendait à en être contrarié, la compagnie d'une autre personne était loin de lui déplaire. La beauté de cette personne y était bien sûr pour quelque chose… Cela faisait très longtemps qu'il n'avait pas réalisé de portrait. Trop longtemps, sans doute, mais le courage de représenter la vie lui avait manqué après la disparition de Michael. Il n'avait même pas pu reprendre un pinceau tant qu'il était resté à San Francisco, où tout lui évoquait des souvenirs et ravivait la douleur de l'absence.

La solitude et le dépaysement qu'il avait trouvés dans les montagnes du Colorado lui avaient permis d'entamer le travail de deuil. Il s'était remis à créer, mais seulement des paysages et des natures mortes. Le désir de peindre un être de chair et de sang ne lui était revenu qu'avec Laura.

— Vous êtes fatiguée ? demanda-t-il.

— Non.

Gabe reporta son attention sur son esquisse. Il en avait déjà fait des dizaines, mais aucune ne le satisfaisait vraiment. Il devait pourtant maîtriser parfaitement son sujet avant de passer à l'exécution de l'ouvrage définitif, et il avait hâte de le commencer. Il considéra la jeune femme et, les sourcils froncés, déclara :

— Vous n'auriez pas un autre vêtement ? Quelque chose qui découvre les épaules, par exemple ?

Une lueur d'amusement s'alluma dans les yeux de la jeune femme.

— Désolée, répondit-elle, mais ma garde-robe n'est pas très fournie, en ce moment.

Depuis trois jours qu'elle posait pour Gabe, elle avait eu le temps de s'habituer à son impatience, à sa recherche incessante de l'angle, de la lumière, de l'attitude idéale. Il venait parfois lui tourner la tête d'un côté, puis de l'autre, et elle aurait aussi bien pu être un bouquet de fleurs, ou une corbeille de fruits, sous ces doigts qui la manipulaient sans ménagement, mais elle ne s'en formalisait pas. Gabe était l'artiste, et elle, la glaise qu'il devait pétrir jusqu'à ce que jaillisse en lui l'étincelle créatrice.

Comme souvent, il posa soudain son carnet et se mit à arpenter la pièce.

— Vous êtes la féminité personnifiée…, murmura-t-il pensivement, comme s'il se parlait à lui-même. Vos traits respirent le charme, la douceur, la délicatesse… Et pourtant, ils ont quelque chose d'ambivalent : votre bouche exprime la sensualité, et votre regard semble tourné vers l'intérieur… Sans doute est-ce dû à votre état, mais cela rend votre visage d'autant plus fascinant, car il reflète ainsi une double réalité : charnelle et spirituelle. Comme celui d'un ange.

— Les anges sont censés être de purs esprits, non ? dit Laura, surprise par cette comparaison.

— La tradition nous les présente en effet comme des créatures immatérielles, mais il ne faut pas oublier qu'ils étaient humains, au départ.

— Vous croyez réellement à l'existence des anges ?

— Oui, parce que la vie ne vaudrait pas la peine d'être vécue, sinon.

Ses déambulations avaient amené Gabe près de Laura, et il jouait maintenant avec ses cheveux, les ramenant en arrière, les relevant puis les laissant retomber dans son dos… Fins et soyeux, ils ressemblaient vraiment à ceux d'un ange, et si son but avait d'abord été de chercher la coiffure qui mettrait le mieux en valeur la beauté de son modèle, le détachement de l'artiste céda vite la place à un puissant émoi.

Furieux contre lui-même, il retira sa main et l'enfonça dans la poche de son pantalon.

— Si nous faisions une pause ? suggéra la jeune femme.

— D'accord. Reposez-vous un moment, mais allongée, et les pieds plus hauts que la tête.

Laura lui lança un regard surpris, et il expliqua, l'air gêné :

— C'est conseillé dans le livre que vous laissez traîner partout. Je me suis dit que j'avais tout intérêt à y jeter un coup d'œil, compte tenu des circonstances.

— Merci. Vous êtes très gentil.

— Ne me remerciez pas. Il y a une grande part

d'égoïsme dans l'intérêt que je porte à votre santé : mieux vous prendrez soin de vous, moins vous risquerez d'accoucher ici... Etendez-vous, maintenant ! Je vais vous chercher un verre de lait.

— Non, je...

— Vous n'en avez bu qu'un verre, aujourd'hui.

D'un geste impatient de la main, Gabe désigna le canapé à Laura, puis il disparut dans la cuisine.

Elle s'allongea avec un petit soupir de soulagement et, bien qu'il lui fût de plus en plus difficile de lever les jambes, elle réussit à poser les talons sur la table basse. Le poêle répandait sa chaleur dans tout le séjour, mais elle aurait aimé aller s'asseoir devant la cheminée, pour regarder les flammes danser dans l'âtre. Si elle le faisait, cependant, il faudrait une grue pour la relever !

Les bruits qui venaient de la pièce voisine ramenèrent ses pensées vers Gabe. Il était si gentil ! Ce mot l'agaçait visiblement, et pourtant il n'y en avait pas d'autre pour le qualifier. C'était la première fois que quelqu'un la traitait ainsi : en égale, comme une amie qui avait temporairement besoin d'aide, mais sans que rien ne lui soit demandé en échange. Ce désintéressement la touchait plus que tout, et elle était décidée à trouver un moyen de payer la dette qu'elle avait envers lui.

Cela supposait que les choses tournent bien pour elle, mais il fallait y croire. Un jour, elle habiterait un appartement dans une ville — n'importe laquelle. Il y aurait une chambre d'enfant, aux murs peints de couleurs gaies, avec un petit lit blanc et un rocking-chair où elle pourrait bercer son bébé quand il aurait du mal à s'endormir.

Lorsqu'elle fermait les paupières, comme maintenant, ce rêve lui semblait réalisable. Un monde où elle ne serait plus jamais seule lui apparaissait, une vie calme et heureuse, exempte de toute menace.

Le sentiment d'une présence lui fit rouvrir les yeux, et son regard croisa celui de Gabe. Il était penché sur elle, et l'envie la prit de poser une main sur sa nuque pour rapprocher encore leurs visages, pour boire à ses lèvres la force et l'assurance qu'il irradiait. Pour qu'il voie une femme en elle, aussi, et non plus un modèle, à peine plus qu'un objet.

La main qu'elle leva s'arrêta pourtant au niveau du verre qu'il tenait.

— Quand le bébé sera sevré, je ne boirai plus une seule goutte de lait, annonça-t-elle.

— Je viens de terminer la dernière bouteille. A partir de demain, il faudra vous contenter de lait en poudre.

— Quelle joie !

Avec une grimace, Laura vida la moitié du verre, puis elle expliqua :

— Avant de pouvoir me résoudre à tremper mes lèvres dedans, je suis obligée de m'imaginer que c'est du café, un café bien noir et bien fort. Ou, mieux encore, du champagne français.

— Dommage que je n'aie pas de flûte en cristal ! Cela renforcerait l'illusion… Vous avez faim ?

— L'adage selon lequel les femmes enceintes doivent manger pour deux est une idée reçue… Et puisque nous parlions de la France... C'est là que vous avez réalisé cette peinture des quais de la Seine ?

Gabe jeta un coup d'œil au tableau. C'était une œuvre d'inspiration impressionniste, dont il était impossible d'identifier le sujet sans l'avoir vu dans la réalité.

— Oui, indiqua-t-il, en partie de mémoire, et en partie grâce à de vieux croquis que j'avais gardés. Quand êtes-vous allée à Paris ?

— Je n'ai pas dit que j'y étais allée.

— Non, mais dans le cas contraire, vous n'auriez pas reconnu cet endroit. Ecoutez, vous avez tort de biaiser, car cela ne fait qu'attiser ma curiosité, alors répondez-moi franchement !

— D'accord... J'ai séjourné à Paris il y a un an, et pendant plusieurs semaines.

— Vous avez aimé ?

Un sentiment proche de la panique submergea Laura. Elle craignait, en évoquant cette période de sa vie, de se mettre à pleurer, et l'idée d'inspirer de la pitié à Gabe lui était insupportable. Une lente et longue inspiration lui permit cependant de recouvrer son sang-froid, et de déclarer ensuite d'un ton dégagé :

— Si j'ai aimé Paris ? Oui, c'est une ville magique, à la fois très vieille et très moderne, très majestueuse et très romantique. Tous les parcs et les jardins étaient en fleurs. Il a plu sans arrêt durant trois jours, mais j'aurais pu passer des heures dehors, à contempler le ballet des parapluies sur les trottoirs et à respirer l'odeur de l'asphalte mouillé.

Notant que la main de Laura était crispée sur

son verre, Gabe le lui prit, le mit sur la table basse et observa :

— Vous n'avez pas été heureuse là-bas.

— A Paris au printemps ? Vous plaisantez ! Qui pourrait y être malheureux ?

— Le père de votre enfant était avec vous ?

— Quelle importance ?

Cela n'aurait pas dû en avoir, mais Gabe était sûr que plus jamais il ne regarderait ce tableau sans penser à Laura, et il avait besoin de savoir.

— Vous l'aimiez ? demanda-t-il.

Avant de répondre, la jeune femme s'obligea à réfléchir. Avait-elle aimé Tony ? Oui, ou, plus exactement, l'homme qu'elle avait cru voir en lui.

— Je l'aimais, murmura-t-elle.

— Depuis combien de temps êtes-vous seule ?

— Je ne suis pas seule.

Un sourire joua sur ses lèvres, et s'agrandit quand le bébé bougea, comme pour lui confirmer sa présence. Gabe haussa un sourcil interrogateur et, sous l'effet d'une impulsion subite, elle lui saisit la main et la posa sur son ventre.

Au mouvement d'abord léger que Gabe perçut sous ses doigts succéda une série de soubresauts dont la violence le déconcerta.

— On dirait que votre bébé joue des coudes pour essayer de sortir, remarqua-t-il.

— Oui, il semble pressé de découvrir le monde, souligna Laura en riant. J'ai entendu son cœur, pendant la visite médicale que j'ai passée à Dallas, et il battait vite, et fort, avec une sorte d'impatience… C'est le bruit le plus merveilleux que j'aie jamais…

La jeune femme laissa sa phrase en suspens, réduite au silence par un brusque changement d'atmosphère dans la pièce. Gabe la fixait intensément, et la chaleur de sa main à travers la laine fine du chandail, l'intimité de l'expérience qu'ils étaient en train de partager, éveillaient en elle des désirs interdits.

Une envie presque douloureuse de prendre Laura dans ses bras possédait Gabe. Il le faisait en imagination toutes les nuits pendant qu'il cherchait le sommeil, allongé sur le vieux matelas de la chambre d'amis. Ensuite, en rêve, il la tenait étroitement enlacée, son souffle tiède lui caressait la joue, ses cheveux dénoués étaient répandus sur l'oreiller, et il glissait les doigts dans leur masse dorée.

Quand il se réveillait, ces fantasmes le choquaient profondément, comme le choquaient maintenant les pulsions qui l'animaient.

Il dégagea brusquement sa main de celle de Laura, se redressa et annonça :

— J'aimerais travailler encore un peu, si vous n'êtes pas trop fatiguée.

— Non, je me suis suffisamment reposée.

Des larmes voilaient les yeux de Laura, qu'elle refoula d'un battement de paupières. Il ne fallait pas y voir autre chose qu'une hyperémotivité due à son état, se dit-elle résolument. Les femmes enceintes pleuraient facilement, et souvent sans raison, c'était bien connu.

— J'ai une idée, déclara Gabe. Ne bougez pas !

Il quitta la pièce et revint une minute plus tard avec un T-shirt bleu marine à la main.

— Mettez ça ! ordonna-t-il. Je pense que le contraste entre ce vêtement d'homme et la féminité de votre visage m'apportera ce que je cherche.

Laura se rendit dans la chambre, enleva son pull-over, et elle s'apprêtait à enfiler le T-shirt quand l'odeur de Gabe, dont le tissu de coton était imprégné, envahit ses sens. Une odeur musquée, masculine, qu'elle aurait reconnue entre toutes, et qui fit courir une onde brûlante dans ses veines.

Etait-il vraiment mal de désirer cet homme alors qu'elle portait l'enfant d'un autre ? Elle se sentait si proche de lui… Il vivait des moments difficiles, lui aussi, cela se voyait, et ce devait être ce point commun, allié à leur isolement, qui lui donnait l'impression d'être unie à lui par un lien très puissant, et depuis très longtemps.

Mais que savait-elle de ses propres sentiments ? se demanda Laura en mettant le T-shirt. La première et seule fois où elle s'y était fiée ne lui avait apporté que des souffrances. Alors, parmi les multiples émotions que Gabe suscitait en elle, mieux valait privilégier la gratitude et occulter les autres.

Quand la jeune femme regagna le séjour, Gabe était occupé à passer en revue ses croquis. Il leva les yeux, et l'image qu'il voulait avoir d'elle s'effaça devant la réalité. Elle ressemblait toujours à l'ange dont il avait parlé, mais cet ange lui paraissait maintenant beaucoup plus humain qu'avant.

Etait-ce parce qu'il avait failli céder à la tentation

de l'embrasser, tout à l'heure ? Sans doute, et c'était dangereux, car plus Laura deviendrait femme à ses yeux, plus dur serait le combat qu'il lui faudrait livrer pour s'empêcher de satisfaire son désir. Mieux valait donc s'efforcer d'oublier la femme et se concentrer sur le modèle.

Fort de cette décision, ce fut d'une voix froide qu'il déclara :

— Je ne m'étais pas trompé. Cette couleur vous va bien, et les courbes de votre corps forment un contraste intéressant avec la coupe droite du T-shirt.

— Vous risquez de ne pas le récupérer de sitôt ! Il est très confortable.

— Gardez-le autant de temps que vous voudrez. Je vous le prête.

Laura alla s'asseoir et reprit exactement la même attitude qu'avant, si bien que Gabe se demanda une fois de plus si elle n'avait pas déjà posé.

— Essayons autre chose..., marmonna-t-il en lui bougeant les épaules de quelques centimètres. J'aimerais avoir des fleurs... Non, juste une... Une rose.

— Vous pourriez l'imaginer.

— Oui, je pourrais...

Lorsque Gabe lui inclina la tête d'un dixième de degré vers la gauche, Laura réprima un sourire désabusé. Elle était redevenue une corbeille de fruits...

— Parfait, marmonna-t-il. Je vais dessiner directement sur la toile, cette fois. J'ai perdu assez de temps en études.

— Trois jours seulement.

— Quelques heures m'ont suffi pour peindre certains de mes tableaux.

— Il y en a ici que vous avez laissés inachevés, en revanche.

— Question d'humeur… Vous finissez toujours ce que vous avez commencé, vous ?

— Non, mais je devrais, si j'en crois la sagesse populaire.

— Quand il est évident que le résultat ne sera pas à la hauteur de ses espérances, pourquoi s'obstiner ?

— Il s'agit parfois d'une promesse, et les promesses sont faites pour être tenues, répondit la jeune femme, songeant au serment prononcé le jour de son mariage.

Parce qu'il ne la quittait pas des yeux, Gabe vit une lueur de tristesse passer sur son visage. Et, comme toujours, cette émotion toucha une corde en lui malgré ses efforts pour y rester indifférent.

— Certaines promesses ne peuvent pas être tenues, observa-t-il.

Laura garda le silence, et Gabe se mit au travail. Il savait déjà que ce portrait serait l'une de ses meilleures œuvres, sinon la meilleure. Il savait aussi que cela ne lui suffirait pas : il peindrait Laura dans d'autres attitudes, sous d'autres angles. Il la voulait aujourd'hui douce et pensive, mais ce n'était que l'une des facettes de cette femme mystérieuse, et il entendait les fixer toutes sur la toile. Après, il la connaîtrait mieux que personne ne la connaîtrait jamais.

— Vous me permettrez de regarder au fur et à mesure ? déclara-t-elle soudain.

— Regarder quoi ?

— Le tableau. Les artistes sont souvent chatouilleux sur ce point.

— Pas moi. Je suis quelqu'un de très accommodant.

— Oui, ça saute aux yeux, dit-elle avec une pointe d'ironie. Vous m'accorderez donc cette faveur ?

— Pas de problème, mais si vous voyez quelque chose qui vous déplaît, inutile de me demander de le changer : c'est hors de question.

Cette remarque fut accueillie par un rire franc et joyeux qui se propagea en Gabe comme la vibration d'un diapason.

— Vous pensez que je pourrais être blessée dans mon amour-propre ? s'écria Laura. Ne vous inquiétez pas pour ça : je ne suis pas vaniteuse.

— Toutes les jolies femmes sont fières de leur beauté.

— Non, seules le sont celles qui y attachent de l'importance.

— Et ce n'est pas votre cas ? J'ai du mal à le croire !

— C'est pourtant vrai. La beauté m'a été donnée sans que j'aie rien fait pour la mériter. Si j'étais très intelligente, ou très douée dans un domaine particulier, je la considérerais même comme une malédiction, car elle rendrait les gens aveugles à ces qualités. Ne les possédant ni l'une ni l'autre, je la considère comme un don naturel qui compense leur absence.

— Contre quoi accepteriez-vous de l'échanger ?

— Beaucoup de choses, mais comme je n'aurais pas mérité non plus ce qui me serait offert en contrepartie, ça ne compte pas… Et vous, à quoi renonceriez-vous le plus facilement, si vous étiez obligé de choisir ? A votre séduction, ou à votre talent artistique ?

— Comme je ne me suis jamais trouvé séduisant, la question ne se pose pas.

Gabe sortit un chiffon de la poche arrière de son pantalon, s'essuya les mains dessus, puis tourna le chevalet vers Laura. Elle esquissa un mouvement pour se lever, mais il lui fit signe de rester assise et déclara :

— Regardez de là où vous êtes, et dites-moi ce que vous en pensez.

La jeune femme examina attentivement ce qui était encore une simple ébauche, beaucoup moins achevée que certains des croquis déjà réalisés. Gabe avait dessiné son visage et son buste, avec la main droite en travers de l'épaule gauche, mais dans un geste moins défensif que protecteur.

Il avait eu raison, à propos du T-shirt, constata-t-elle ensuite. Ce vêtement d'homme mettait mieux sa féminité en valeur qu'une profusion de soies et de dentelles. Ses cheveux dénoués retombaient dans son dos en une cascade de boucles désordonnées qui s'opposaient de manière saisissante au calme de son attitude, mais l'expression que Gabe avait donnée à ses traits la surprit.

— Je ne suis pas aussi triste que vous m'avez représentée, observa-t-elle.

— Désolé, mais je vous avais prévenue : je ne changerai rien à ce travail.

— Je ne vous le demande pas. Je dis simplement que vous vous faites une fausse idée de moi.

La mauvaise humeur que Gabe perçut dans la voix de Laura l'amusa. Il retourna le chevalet vers lui, mais ce fut les yeux fixés sur son modèle qu'il répliqua :

— Je ne suis pas de cet avis.

— Je n'ai pourtant rien de tragique !

— Tragique ? La femme du portrait ne l'est pas. Elle est vaillante.

— Je ne le suis pas non plus, mais vous avez le droit, en tant qu'artiste, d'interpréter la réalité comme bon vous semble.

— Nous sommes d'accord sur ce point.

La discussion et la séance de pose étant visiblement terminées, Laura se leva, mais elle se figea soudain et s'exclama :

— Oh ! mon Dieu !

Alarmé, Gabe courut la rejoindre et lui prit la main.

— Qu'y a-t-il ? C'est le bébé ? Vous avez eu une contraction ?

— Non ! Là, regardez…

Laura pointait l'index vers la fenêtre et, quand il identifia la cause de son émotion, Gabe eut envie de l'étrangler : elle lui avait fait la peur de sa vie, et pour quoi ? Pour un stupide cerf qui s'était approché de la maison !

Une fois remis de sa frayeur, cependant, Gabe reconnut que c'était un animal magnifique. Son corps massif se découpait sur le fond blanc du paysage, et sa tête surmontée de bois majestueux se balançait gracieusement tandis qu'il humait l'air de ses naseaux frémissants.

— Il est superbe, murmura Laura. Je n'en avais encore jamais vu d'aussi près.

Gabe partageait désormais le plaisir qu'elle éprouvait devant ce spectacle. Un cerf, un renard, un faucon tournant dans le ciel… La beauté de ces montagnes et de leur faune l'avait aidé à surmonter sa douleur.

— Il y a environ une semaine, dit-il, je longeais un ruisseau quand j'en ai aperçu tout un troupeau. J'étais face au vent, si bien qu'ils ne m'ont pas senti, et j'ai pu réaliser trois croquis avant qu'une biche ne flaire ma présence.

Le cerf s'était avancé ; il se tenait maintenant à moins de deux mètres de la vitre et considérait Gabe et Laura d'un air arrogant, sans la moindre trace de peur dans le regard.

— Il est ici sur son territoire, chuchota la jeune femme, et il doit le savoir, sinon il ne serait pas si sûr de lui… C'est bizarre, j'ai l'impression d'être un animal dans un zoo qu'il serait venu visiter.

Sans doute alerté par un bruit ou une odeur qui lui signalaient un danger, le cerf pivota soudain sur lui-même, bondit à travers l'étendue de neige et disparut dans les bois environnants.

Dans son ravissement, Laura se mit à rire, mais lorsqu'elle se détourna de la fenêtre, son rire s'étrangla : elle ne s'était pas rendu compte que Gabe était si près d'elle, ni qu'il lui tenait toujours la main. Elle en avait à présent une conscience aiguë, et lui aussi, à en juger par la flamme sombre qui brillait dans ses yeux, rivés sur elle.

Les doigts de Gabe se posèrent sur la joue de Laura et en suivirent la courbe. Cette caresse n'avait rien de prémédité ni même de réfléchi ; elle répondait à un besoin dont il ne mesura l'intensité qu'après l'avoir assouvi.

Et Laura ne le repoussa pas. Aurait-il insisté, dans le cas contraire ? Il espérait que non, mais comme elle n'avait pas bougé, il ne le saurait jamais.

Le tremblement de la main blottie dans la sienne lui disait qu'elle était nerveuse. Il l'était, lui aussi, car il se sentait incapable de résister à ce que la voix de sa raison lui interdisait pourtant de faire.

Et lentement, très lentement, son visage se rapprocha en effet de celui de Laura…

Gabe allait l'embrasser, et c'était folie de l'y autoriser, folie plus grande encore d'en avoir envie. Avant même que leurs lèvres se touchent, cependant, Laura avait cessé de lutter contre son désir. Et quand leurs bouches s'unirent, elle eut le sentiment étrange que ce baiser était le premier de toute sa vie : jamais personne ne l'avait embrassée ainsi. Elle connaissait la passion, la fougue parfois proche de la fureur d'hommes avides de satisfaire leur appétit sexuel, mais jamais elle n'avait connu — ni même imaginé — la déférence dont le baiser de Gabe était empreint.

Une déférence sous laquelle elle percevait une ardeur contenue qui rendait la caresse plus excitante, plus voluptueuse qu'aucune autre. La jeune femme eut l'impression d'entrer dans un monde entièrement nouveau, dont Gabe était le seul à posséder les clés.

Il devait s'arrêter, mais ne le pouvait pas : c'était comme une drogue. A peine Gabe avait-il goûté aux lèvres de Laura qu'un merveilleux sentiment de plénitude l'envahit, comme si un vide dont il ignorait jusque-là l'existence venait de se combler.

Dans une petite partie de son cerveau, cependant,

un âpre combat continuait de se livrer. La femme qu'il tenait dans ses bras et, à quoi bon le nier, brûlait de conquérir, n'était pas seulement enceinte : elle portait l'enfant d'un autre homme, un homme qu'elle avait aimé.

Il n'avait pas le droit de profiter de sa vulnérabilité, même si sa beauté le subjuguait, même si sa douloureuse histoire lui donnait envie de la protéger contre ses mystérieux ennemis. Mais, pour cela, il fallait d'abord qu'elle lui fasse confiance, en lui livrant ses secrets…

Gabe était presque résolu à rompre leur étreinte quand Laura posa la tête dans le creux de son épaule et murmura :

— Ne dites rien. Laissez-moi rester ainsi, juste une minute.

Les larmes retenues qui altéraient sa voix lui fendirent le cœur. Il s'était toujours senti désarmé devant les pleurs d'une femme et, faute de mieux, il se mit à lui caresser doucement les cheveux.

Lorsque la minute demandée fut passée, Laura recula d'un pas et reprit d'une voix raffermie :

— Je suis désolée. Vous devez trouver que j'abuse de votre gentillesse.

— Pas du tout.

— Vous comptez sûrement vous excuser de m'avoir embrassée, mais ce n'est pas la peine : je comprends.

— Que comprenez-vous, Laura ?

— Que vous avez un peu pitié de moi et que vous avez voulu me réconforter. Ne croyez surtout pas que je donne une autre signification à ce geste. Compte tenu de mon état, je ne peux pas vous plaire — physiquement, s'entend —, et ce qui vient d'arriver était donc pour vous un simple moyen de me témoigner votre compassion.

— Vous vous trompez. Vous me plaisez, et une grande partie de cette attirance est très physique. Les circonstances m'empêchent peut-être de faire l'amour avec vous, mais cela ne veut pas dire que je n'en ai pas envie.

La surprise qui se peignit sur les traits de Laura aurait amusé Gabe, s'il n'avait eu le sentiment d'être en train de vivre l'un des moments les plus importants de son existence.

— Votre état n'est d'ailleurs que l'un des obstacles à une éventuelle liaison entre nous, reprit-il. Le deuxième est le silence que vous gardez sur votre passé. Vous ne m'en avez révélé que des bribes, et j'ai besoin que vous me racontiez toute l'histoire.

— C'est impossible.

— Pourquoi ? Vous avez peur ?

— Non. J'ai honte.

Ce fut au tour de Gabe d'être surpris : de toutes les réponses que Laura aurait pu lui donner, celle-là était la plus inattendue.

— Honte ? répéta-t-il. Parce que vous n'étiez pas mariée au père de votre enfant ?

— Je vous en prie, n'insistez pas !

Ce n'était pas l'envie qui lui en manquait, mais Laura paraissait si lasse, si désemparée, qu'il n'eut pas le cœur de la brusquer.

— D'accord, j'arrête de vous poser des questions

pour aujourd'hui, mais il y a un problème auquel nous devons tous les deux réfléchir : vous m'inspirez des sentiments dont la force grandit de jour en jour, et je ne sais pas du tout où cela va nous mener.

Sur ces mots, Gabe esquissa un pas vers la porte, mais Laura le retint par le bras.

— Cela ne peut nous mener nulle part, déclara-t-elle. Je le regrette profondément, mais c'est la vie qui en a décidé ainsi.

— Je ne crois pas à la fatalité, mon ange. Rien n'est écrit d'avance : chacun de nous tient son destin entre ses mains.

La jeune femme jugea inutile de souligner que cette liberté était l'apanage des riches et des puissants. Elle lâcha Gabe, et il sortit du chalet, la laissant en proie à un chaos d'émotions contradictoires.

4

Il avait de nouveau neigé pendant la nuit, mais les quelques centimètres qui étaient tombés fondaient déjà sous les rayons du soleil matinal. L'eau gargouillait dans les gouttières, et c'était un bruit apaisant, comme celui de la pluie, qui donnait envie de boire une tasse de thé brûlant, de s'installer au coin du feu avec un bon livre ou de faire la sieste dans la tiédeur d'un lit douillet.

Depuis la cuisine où elle avait mis à chauffer de l'eau, du lait en poudre et quelques carrés de chocolat, Laura entendait Gabe fendre du bois dans le jardin. Le coffre du séjour était pourtant plein, et le tas de bûches, à l'angle de la terrasse, encore haut. Même si le mauvais temps revenait et durait jusqu'au mois de juin, ces réserves suffiraient largement, mais la jeune femme comprenait le besoin qu'avait Gabe de se dépenser physiquement. Artiste ou pas, reclus volontaire ou pas, il n'était pas homme à rester enfermé toute la journée.

Sans qu'ils l'aient vraiment voulu, une sorte de routine s'était installée depuis l'arrivée de Laura au chalet. Elle se réveillait tous les matins dans une maison vide : Gabe était déjà levé et parti effectuer l'une ou l'autre de ses activités de plein air. Elle lui préparait du café en écoutant la radio d'une oreille distraite, et, au bout d'un moment, il rentrait, secouait la neige de ses bottes, puis buvait une tasse de café. Ensuite, il allait prendre sa place devant le chevalet, et Laura, la sienne près de la fenêtre.

Parfois, ils parlaient; parfois, les séances de pose se déroulaient dans un silence complet.

Gabe pouvait peindre pendant des heures, avec la même concentration, avec les mêmes gestes précis et mesurés, mais Laura percevait sous ce calme apparent une impatience qu'elle ne comprenait pas : il semblait avoir hâte de terminer un tableau qui avançait pourtant plus vite qu'elle n'aurait cru possible. Son portrait prenait forme sur la toile — ou, plutôt, le portrait de la femme qu'elle était dans le regard de Gabe, et dont le caractère éthéré la surprenait, car elle se sentait solidement ancrée dans la réalité : l'enfant qu'elle portait lui interdisait de s'en échapper.

Elle s'abstenait cependant de tout commentaire. Gabe ne l'aurait pas écoutée, et il aurait eu raison.

Il avait encore réalisé de nombreux croquis d'elle, certains en pied, d'autres représentant juste un détail de son visage. Elle lui en reconnaissait le droit dans la mesure où c'était la seule façon dont elle pouvait le remercier de son hospitalité, mais quelques-uns de ces croquis la mettaient mal à l'aise, comme celui que Gabe avait fait un soir où elle s'était endormie dans le canapé. Elle y paraissait si… vulnérable. Et c'était bien le sentiment qu'elle avait éprouvé en s'apercevant qu'il l'avait observée et dessinée pendant son sommeil.

Non qu'elle eût peur de lui..., se dit Laura en tournant sans enthousiasme la mixture peu appétissante formée par le lait en poudre et les morceaux de chocolat mal fondus. Il la traitait au contraire avec plus de gentillesse qu'elle n'était en droit d'attendre de lui. Et même s'il lui arrivait d'être brusque, c'était la personne la plus attentionnée de la Terre.

Peut-être l'attirait-elle, comme il l'avait affirmé. Son visage suffisait souvent à éveiller le désir des hommes. Mais, dans ce cas, il lui témoignait un respect et des égards que ses expériences passées ne l'avaient pas habituée à associer au désir masculin.

La jeune femme haussa les épaules et versa la moitié du contenu de la casserole dans une tasse. Quels que soient les sentiments de Gabe, ils ne pouvaient mener à rien : dans une semaine, deux tout au plus, elle devrait partir et se débrouiller de nouveau seule.

S'efforçant de fixer dans son esprit l'image d'un chocolat au lait riche et onctueux, Laura but deux gorgées de la préparation, grimaça, soupira, et elle s'apprêtait à boire le reste quand une douleur soudaine manqua lui faire lâcher le verre. Elle le posa, puis s'agrippa des deux mains au rebord de la table pour mieux résister à l'envie d'appeler Gabe.

Ce n'était rien, se dit-elle, une simple crampe... La douleur diminua peu à peu, mais elle jugea plus sage d'aller s'allonger, et elle gagna la salle de séjour à petits pas prudents.

Les coups de hache s'arrêtèrent juste à ce moment-là,

et elle se rendit compte alors que ce bruit en avait étouffé un autre — celui d'un moteur.

Une bouffée d'angoisse l'envahit aussitôt. Les gens lancés à sa poursuite l'auraient-ils retrouvée ? Elle se dirigea vers la fenêtre et vit une motoneige remonter le chemin. Ce petit véhicule ressemblait tellement à un jouet qu'il l'aurait amusée, si son conducteur n'avait porté un uniforme de policier.

Prête à courir se cacher dans le recoin le plus obscur du chalet s'il le fallait, elle se dirigea vers la porte et l'entrouvrit.

Gabe était en sueur, mais il se sentait bien. Il aimait le contact de l'air froid sur sa peau, la saine fatigue qui lui emplissait le corps et lui vidait l'esprit. Enfin, non, pas complètement : rien ne pouvait l'empêcher de penser à Laura.

Le temps qu'il passait loin d'elle lui éclaircissait cependant les idées, et il venait de prendre une décision : elle avait besoin d'aide, et il allait l'aider.

Parmi ses amis et connaissances, beaucoup se seraient étonnés de le voir ainsi résolu à jouer les don Quichotte. Personne ne l'avait jamais accusé d'être insensible — ses tableaux étaient là pour prouver sa capacité à ressentir toute la gamme des émotions —, mais très peu de gens l'auraient imaginé en défenseur des opprimés.

Habité par son art, il en avait fait le centre de sa vie. C'était Michael qui avait été généreux, lui qui avait intensément vécu les joies et les peines de l'existence — la sienne et celle des autres.

Et maintenant, il était mort, laissant derrière lui un vide que Gabe n'était pas certain de jamais pouvoir combler.

Il leva de nouveau sa hache, et elle était au sommet de sa trajectoire quand il entendit un bruit de moteur. Surpris, il fit un faux mouvement, et la lame s'enfonça dans le tronc sur lequel la bûche était posée. Des éclats de bois jaillirent et allèrent rejoindre ceux qui jonchaient déjà la neige. Gabe jeta un rapide coup d'œil vers la fenêtre de la cuisine, puis contourna le chalet en courant pour intercepter son visiteur avant qu'il ne frappe à la porte et ne voie Laura.

Le véhicule était une motoneige, constata-t-il en arrivant dans la cour, et son conducteur, un policier d'environ vingt-cinq ans aux joues rougies par le froid et le vent.

L'homme coupa le moteur, salua Gabe de la tête et déclara :

— Bonjour ! Tout va bien, ici ?

— Oui. Comment est la route ?

— Très mauvaise. J'espère que vous n'avez rien d'urgent à faire en ville.

— Heureusement, non.

— Tant mieux !

Après avoir mis pied à terre, le policier reprit en tendant une main gantée :

— Je me présente : Scott Beecham.

— Gabe Bradley.

— J'avais entendu dire que quelqu'un avait acheté

la maison du vieux McCampbell. Vous n'avez pas de chance : cet hiver est l'un des plus rudes de ces dix dernières années. Le bureau du shérif nous a demandé de passer au domicile des gens les plus isolés pour vérifier s'ils n'ont pas besoin de ravitaillement, ou s'il n'y a pas de malades chez eux.

— J'ai reconstitué mon stock de vivres le jour où la tempête a commencé.

— Vous avez eu du flair, et je vois que vous, au moins, vous avez une jeep… Un 4x4 est beaucoup plus sûr sur chaussée glissante qu'un véhicule ordinaire. Vous n'imaginez pas le nombre de voitures qu'il a fallu remorquer ! On a notamment trouvé, à quelques centaines de mètres d'ici, une vieille Chevy qui a percuté la glissière de sécurité. Elle est abandonnée, et c'est inquiétant, parce que personne n'a signalé l'accident. Le conducteur a pu partir à pied et se perdre dans le blizzard.

— Non, il s'agit de la voiture de ma femme, indiqua Gabe sans l'ombre d'une hésitation. Comme je tardais à revenir des courses, elle s'est inquiétée et a décidé de descendre en ville, mais à peine sortie du chemin, elle a failli me rentrer dedans. Avec le temps qu'il faisait, j'ai jugé préférable de laisser son véhicule là où il était et de la ramener avec moi à la maison. Je n'ai pas encore pu aller estimer les dégâts… Ils sont importants ?

— Juste une aile froissée. Votre femme a été blessée ?

— Non, mais elle a eu très peur, et moi aussi.

— Je m'en doute !

Toujours cachée derrière la porte entrebâillée, Laura

avait écouté une conversation dont la tournure l'avait stupéfaite : jamais elle n'aurait cru que Gabe irait jusqu'à mentir pour assurer sa sécurité. La première surprise passée, elle résolut d'entrer dans son jeu et sortit sur la terrasse.

— Excusez-moi de vous interrompre, déclara-t-elle avec un sourire, mais ce monsieur serait peut-être content de boire une tasse de café…

Les deux hommes se tournèrent vers elle. Gabe fronça les sourcils, mais le policier répondit en soulevant poliment son chapeau :

— C'est très aimable à vous, madame, mais il faut que je continue ma tournée. Désolé, pour votre voiture…

— J'aurais dû faire plus attention. Vous savez quand la route sera de nouveau praticable ?

— Votre mari pourra sans doute descendre en ville dans un jour ou deux, mais à votre place, je ne m'y risquerais pas.

— Vous avez raison : j'attendrai que la neige ait été déblayée.

— Bon, eh bien, je m'en vais, dit Beecham en remontant sur son véhicule. Vous avez une radio à ondes courtes, monsieur Bradley ?

— Non.

— Je vous conseille d'en acheter une. C'est plus sûr que le téléphone… Quand votre bébé doit-il naître ?

L'usage de cet adjectif possessif laissa Gabe sans voix.

— Euh… dans quatre ou cinq semaines, parvint-il finalement à bredouiller.

— Alors vous avez tout votre temps ! C'est votre premier ?

— Oui.

— Moi, j'ai deux filles, et la seconde a choisi le jour de Thanksgiving pour s'annoncer ! J'avais à peine mangé une bouchée de dinde que j'ai dû foncer à l'hôpital... D'après ma femme, c'est la farce trop épicée de ma mère qui a déclenché l'accouchement... Allez, au revoir, et prenez bien soin de vous, madame Bradley !

Laura et Gabe regardèrent la motoneige s'éloigner, elle depuis la terrasse, lui depuis le bas de l'escalier. Quand le bruit du moteur se fut éteint, Gabe toussota, puis gravit lentement les marches. La jeune femme s'écarta pour le laisser passer, le suivit à l'intérieur et referma la porte. Elle attendit ensuite qu'il ait retiré ses bottes pour déclarer :

— Je vous remercie.

— De quoi ?

— D'avoir dit que nous étions mariés.

— Cela m'a paru plus simple.

— Pour moi, mais pas pour vous.

Gabe haussa les épaules et se dirigea vers la cuisine.

— Il y a du café ? demanda-t-il.

— Oui.

La dette qu'elle avait envers lui venant encore de s'alourdir, Laura jugea le moment venu de lui révéler toute la vérité : elle pouvait — non, elle *devait* — faire confiance à un homme qui avait pris le risque de mentir à un policier pour la protéger.

Après un dernier instant d'hésitation, elle alla le rejoindre et murmura :

— Gabe ?

— C'est quoi, cette mixture ?

Il était penché sur la casserole abandonnée sur le réchaud, et Laura ne put contenir un sourire.

— Une recette inédite de chocolat au lait, expliqua-t-elle.

— On dirait... Non, je préfère me taire, mais je n'ai pas le droit de vous laisser boire ça ! J'irai en ville demain.

— Dans ce cas, vous seriez gentil d'acheter...

Gênée, la jeune femme ne termina pas sa phrase, mais Gabe insista :

— D'acheter quoi ?

— Non, rien, c'est stupide... Ecoutez, j'aimerais que nous nous asseyions une minute. Je voudrais...

— Répondez-moi d'abord ! Que dois-je acheter ?

— Eh bien, quand je vois une cheminée allumée, je suis toujours tentée de faire griller de la guimauve.

— De la guimauve, donc... Il faut que je vous rapporte des fraises, pour les accompagner ?

— Vous pensez qu'il s'agit d'une envie de femme enceinte ? Détrompez-vous ! Cette histoire d'envie est aussi une idée reçue.

— Ça vous amuse, de détruire toutes mes certitudes ?

— Désolée ! s'exclama Laura en riant.

— Ce n'est pas grave, mais nous avons déjà perdu assez de temps. Je finis mon café, et au travail !

— Je sais que vous êtes impatient de terminer

ce portrait, mais j'ai pris une décision, et je préfère l'exécuter tout de suite, pendant que j'en ai le courage.

— Quelle décision ?

— Celle de vous raconter mon histoire, si elle vous intéresse encore.

— Bien sûr, mais pourquoi maintenant ?

— Après ce que vous venez de faire pour moi, je me sens coupable de ne pas vous avoir accordé ma confiance.

— Allons nous asseoir à côté. Nous y serons mieux pour parler.

Gabe suivit Laura dans le séjour, s'installa avec elle sur le canapé et, voyant qu'elle cherchait ses mots, il résolut de l'aider en lui posant des questions simples et précises.

— Commençons par le début, dit-il. D'où êtes-vous originaire ?

— D'aucun endroit en particulier. J'ai habité à New York, en Pennsylvanie, dans le Maryland... Ma tante avait une petite ferme, près de la baie de Chesapeake... C'est là que j'ai vécu le plus longtemps.

— Sans vos parents ?

— Ma mère m'a eue très jeune, et elle n'était pas mariée. On m'a envoyée chez cette tante, et j'y suis restée jusqu'à ce que sa situation financière ne lui permette plus de me garder. J'ai ensuite été placée dans différentes familles d'accueil, mais là n'est pas la question.

— Si, continuez !

— Non, je ne veux pas que vous ayez pitié de moi.

Tout en Laura — le ton de sa voix, son regard

calme mais résolu — exprimait cette dignité sereine que Gabe essayait de rendre dans son tableau. Il brûlait d'aller chercher son carnet à dessin, mais ce n'était évidemment pas le moment.

— Je vous promets de ne pas vous plaindre, déclara-t-il. Je vous en prie, continuez !

— D'accord… Je sais peu de choses sur ma mère, sinon qu'elle a eu une vie très dure. Peut-être aurait-elle souhaité m'élever et l'en a-t-on empêchée en raison de son jeune âge… Ma tante était son aînée, mais elle avait déjà plusieurs enfants, et quand l'argent s'est fait rare, quand une bouche de plus à nourrir est devenue un problème, elle m'a confiée aux services sociaux.

— Quel âge aviez-vous ?

— Six ans et, sans que j'aie jamais compris pourquoi, on m'a envoyée ailleurs au bout de quelques mois, puis encore ailleurs… Je ne suis jamais restée plus d'un an au même endroit, et cela me donnait le sentiment de n'être à ma place nulle part, de ne compter vraiment pour personne. A douze ans, je suis retournée vivre chez ma tante, mais pas longtemps, à cause de son mari.

Voyant la main de Laura se crisper sur son genou, Gabe la prit dans la sienne et demanda d'une voix douce :

— Votre oncle ne voulait pas de vous ?

— Non, ce n'est pas ça.

— Pourquoi avez-vous dû repartir, alors ?

— Peu importe.

— Je ne me contenterai pas de cette réponse. Maintenant que vous avez commencé, vous devez finir.

— Mon oncle buvait, et l'alcool le rendait agressif.

— Il devenait violent ?

— Oui. A jeun, il n'avait déjà pas un caractère facile, mais ivre, il pouvait être brutal. Il s'en prenait généralement à ma tante, mais les enfants n'étaient pas toujours à l'abri de ses colères.

— Il vous frappait ?

— Sauf si j'étais assez rapide pour lui échapper, et j'ai vite appris à l'être, croyez-moi ! expliqua Laura avec l'ombre d'un sourire. Bref, les services sociaux m'ont placée dans une autre famille d'accueil. J'étais comme un détenu dans une prison : je comptais les jours qui me séparaient de ma libération, c'est-à-dire de ma majorité. Je brûlais de pouvoir mener ma vie comme je l'entendais.

» Quand ce moment est enfin arrivé, j'ai trouvé un emploi de vendeuse dans un grand magasin de Philadelphie. J'ai sympathisé avec l'une de ses clientes régulières, et un jour, elle a amené un petit homme chauve qui ressemblait à un bouledogue. Il m'a regardée puis il a hoché la tête et a déclaré à sa compagne qu'elle avait absolument raison. Il m'a ensuite tendu une carte de visite et demandé de venir le voir le lendemain à son studio. Je ne comptais évidemment pas y aller. Je pensais… Enfin, je me méfiais : j'étais jeune, mais pas naïve. »

— J'en suis sûr, car il ne devait pas manquer d'hommes pour vous faire des avances.

— Non. J'ai donc mis la carte de côté, et je l'aurais oubliée, si l'une de mes collègues ne l'avait aperçue un peu plus tard et n'était devenue comme folle. Elle m'a dit qui était cet homme, et vous connaissez peut-être son nom : Geoffrey Wright.

Gabe haussa les sourcils. Wright était le photographe de mode le plus respecté de sa profession. Gabe ne s'intéressait guère à la mode, mais Wright était assez célèbre pour que sa renommée ait franchi les frontières de son domaine.

— Oui, je connais ce nom, répondit-il.

— Quand j'ai su que c'était un photographe professionnel, j'ai décidé de tenter ma chance. J'étais très nerveuse, mais il n'a pas eu l'air de le remarquer. Il m'a fait maquiller, et je me suis retrouvée sous les spots avant d'avoir compris ce qui m'arrivait. Il a alors commencé à aboyer des ordres : je devais m'asseoir, me pencher, me tourner, lever la tête, la baisser… Son ton bourru me terrifiait, mais quand il m'a posé un magnifique manteau de zibeline sur les épaules, j'ai eu l'impression de rêver. Sans doute l'ai-je dit tout haut sans m'en rendre compte, car il s'est mis à rire, sans cesser de me mitrailler, et m'a déclaré que je pourrais bientôt m'offrir des fourrures encore plus belles.

Geoffrey Wright ayant la réputation de séduire tous ses modèles, Gabe ressentit un pincement au cœur en pensant que Laura était devenue l'une de ses très jeunes et très nombreuses maîtresses.

— Un mois plus tard, poursuivit-elle, je faisais une présentation pour le magazine *Mode*, puis pour *Her*, puis pour *Charm*… C'était incroyable ! Pratiquement du jour au lendemain, la petite vendeuse de lingerie que j'étais dînait avec les plus grands couturiers de la côte Est !

— Et Wright ?

— Personne ne s'était encore intéressé à moi autant que Geoffrey. J'étais un peu sa chose, bien sûr, mais il veillait aussi sur moi et se préoccupait de mon avenir. Il voulait me protéger d'une célébrité trop rapide ; plus lentement j'y accéderais, selon lui, plus elle durerait. Même s'il pouvait être brusque, voire tyrannique, dans le travail, je n'étais pas loin de voir en lui le père que je n'ai jamais connu.

— Vraiment ?

— Oui, et je l'ai bien mal récompensé de tout ce qu'il a fait pour moi, de tout le temps qu'il m'a consacré.

Laura se tut, et Gabe s'apprêtait à lui demander de continuer lorsqu'elle se leva.

— Où allez-vous ? déclara-t-il.

— Dans la cuisine, boire un verre d'eau.

— Ne bougez pas ! Je vais vous en chercher un.

La pause que la jeune femme s'était ménagée lui permit de se préparer mentalement à la suite : elle n'avait encore raconté que la moitié de l'histoire, et la dernière partie était la plus douloureuse.

Gabe revint, et elle vida le verre à petites gorgées avant de reprendre son récit :

— Geoffrey m'a emmenée à Paris. Nous devions y rester un mois, et comme il voulait que ses photos rendent vraiment l'atmosphère de la ville, il en a fait partout, devant les monuments les plus célèbres comme dans les quartiers populaires. Un jour, nous avons été invités à une soirée, et c'est là que j'ai rencontré Tony.

Au voile de tristesse qui assombrit son regard, Gabe comprit que Laura parlait maintenant du père de son enfant.

— Il était si galant, si charmant…, continua-t-elle. Pendant les deux semaines suivantes, j'ai passé avec lui tous mes moments de liberté. Nous allions danser, nous promener dans les parcs, boire à la terrasse de petits cafés… Il était tout ce que je croyais désirer, et pensais ne jamais avoir. Il me traitait comme un objet rare et précieux, et j'ai pris cela pour de l'amour.

— Comment Wright a-t-il réagi ?

— Il ronchonnait et me mettait en garde contre celui qu'il appelait « ce jeune freluquet », mais je ne l'écoutais pas. Je voulais être aimée, et quand Tony m'a demandée en mariage, j'ai tout de suite accepté.

— Vous l'avez épousé ?

— Oui.

— Alors vous m'avez menti, le jour de votre arrivée : vous avez prétendu ne pas être mariée.

— Je sais. Cela m'a paru plus simple.

— Et vous ne portez ni alliance ni bague de fiançailles.

— Je… je les ai vendues.

— Je vois.

Bien qu'il n'y ait pas trace de réprobation dans la voix de Gabe, Laura rougit de honte. Elle n'avait pourtant pas eu le choix…

— Nous avons passé encore plusieurs semaines à Paris, poursuivit-elle. J'aurais voulu rentrer tout de suite aux Etats-Unis, pour faire la connaissance des parents de Tony, mais il disait que nous devions rester là où nous étions heureux, et je me suis laissé convaincre. Geoffrey était furieux contre moi ; il ne cessait de me répéter que j'avais lâché la proie pour l'ombre. Je croyais, à l'époque, qu'il parlait seulement de ma carrière, et j'ignorais ses remarques. Je me trompais : c'était de ma vie tout entière qu'il parlait, mais je ne l'ai compris que plus tard.

Le craquement d'une bûche, dans la cheminée, fit sursauter la jeune femme, mais elle garda les yeux fixés sur les flammes. Les mots lui venaient plus facilement si elle ne regardait pas Gabe.

— Je pensais avoir trouvé un amour et un bonheur qui dureraient toujours, reprit-elle. Avec le recul, je me rends compte que cette lune de miel parisienne était une sorte de parenthèse hors du temps, un conte de fées que j'ai eu la bêtise de confondre avec la réalité. J'ai déchanté dès la veille de notre retour aux Etats-Unis.

» Le soir de ce jour-là, Tony est sorti ; il avait une affaire à régler avant de partir, m'a-t-il dit. J'étais triste à l'idée de passer seule notre dernière soirée à Paris, mais je me suis fait une raison. Et puis, l'heure tournant, j'ai commencé à m'inquiéter. Tony n'est rentré que tard dans la nuit, et je n'étais plus juste inquiète, alors, mais folle d'angoisse, et comme souvent dans ces cas-là, au soulagement a succédé une violente colère. »

— Vous vous êtes querellés ?

— Oui. Il était ivre, et d'humeur belliqueuse. C'était la première fois que je le voyais comme ça, mais ce ne serait pas la dernière… Quand je lui ai demandé d'où il venait, il m'a répliqué que cela ne me regardait pas. Le ton a monté, et il a fini par m'avouer qu'il sortait du lit d'une autre femme. J'ai d'abord cru qu'il cherchait juste à me blesser, mais j'ai bientôt compris que c'était vrai, et j'ai éclaté en sanglots.

Ce souvenir était le pire de tous ceux que Laura gardait de cette terrible dispute : elle s'en voulait encore de n'avoir eu que des larmes à opposer au comportement inique de son mari.

— Mes pleurs ont eu pour seul résultat d'attiser la fureur de Tony, poursuivit-elle. Il s'est mis à jeter par terre tout ce qui lui tombait sous la main, comme un petit garçon capricieux. Il m'a dit des choses horribles : qu'il ne reconnaissait aucun caractère sacré au mariage, que je n'avais pas le droit de l'empêcher de prendre du bon temps, dans la mesure où je ne m'étais pas gênée pour en prendre avec Geoffrey, dont j'avais été la putain…

Sa voix se brisa sur ce dernier mot, et elle marqua une pause avant d'enchaîner :

— C'est ce qui m'a fait le plus mal. Geoffrey était comme un père pour moi. Il n'y avait jamais rien eu d'équivoque dans nos relations, et Tony savait que j'étais vierge quand il m'a épousée. J'ai protesté, mais…

Laura s'interrompit brusquement, et Gabe vit ses traits se crisper.

— Votre mari vous a frappée ? demanda-t-il.

Puis, comme elle ne répondait pas, il posa la main sur sa joue et tourna son visage vers lui. Elle avait les yeux remplis de larmes.

— Votre mari vous a frappée ? répéta Gabe.

— Oui, chuchota la jeune femme, et là, impossible d'esquiver ses coups, parce qu'il était beaucoup plus fort et plus vif que mon oncle, autrefois. Ensuite...

Les mots lui restèrent dans la gorge. Elle ne pouvait se résoudre à raconter ce qui s'était passé ensuite.

La douleur qui se lisait dans le regard de Laura valait toutes les explications, et Gabe retint à grand-peine un cri de colère. La patience n'était pas sa qualité dominante, mais jamais il ne comprendrait, jamais il ne pardonnerait les brutalités infligées à un être plus petit et plus faible que soi.

— Quand Tony en a eu terminé avec moi, reprit Laura, il s'est endormi. J'étais incapable de réfléchir à ce que je devais faire. C'est étrange, mais plus tard, en discutant avec des femmes qui avaient connu le même genre d'expérience, j'ai découvert qu'il n'était pas rare de s'accuser de l'avoir cherché, d'une certaine façon.

» Le lendemain matin, Tony s'est excusé en pleurant. Il m'a juré que cela n'arriverait plus. Ce cycle de violences suivies de larmes de repentir s'est cependant répété pendant toute la durée de notre vie commune. »

— Vous n'avez pas songé à partir ?

— Nous étions mariés, et je pensais pouvoir changer le cours des choses. Au début, tout du moins, car elles ont encore empiré quand nous sommes rentrés aux Etats-Unis. Ses parents m'ont tout de suite détestée : leur fils chéri, le futur héritier de la fortune familiale, avait épousé une fille de rien derrière leur dos ! Nous nous sommes installés chez eux et, bien que Tony ait parlé de temps en temps d'acheter une maison, il ne levait pas le petit doigt pour en trouver une. J'ai donc dû vivre entre des beaux-parents qui ne m'adressaient pas la parole et un mari qui me trompait sans vergogne. Cette situation a fini par me devenir insupportable, et j'ai dit à Tony que je voulais divorcer.

» Cela lui a causé un choc, et il m'a alors fait de grandes promesses : il allait arrêter de boire et de voir d'autres femmes, il suivrait pour cela une cure de désintoxication et consulterait un conseiller conjugal s'il le fallait, mais il ne pouvait pas vivre sans moi… Je me suis laissé attendrir, et nous avons même commencé à chercher une maison, mais je sais maintenant que j'ai eu tort : je ne l'aimais plus et, promesses ou pas, j'aurais dû le quitter à ce moment-là. Et puis, peu de temps après, j'ai découvert que j'étais enceinte. »

Comme toujours quand elle évoquait son enfant, Laura posa une main protectrice sur son ventre.

— L'idée d'être père inspirait à Tony des sentiments, disons… mitigés. Ses parents, eux, étaient aux anges. Ma belle-mère a immédiatement entrepris de réaménager la nurserie. Elle a acheté un berceau, des meubles en pin anglais, des monceaux de jouets et de layette… La façon dont elle prenait les choses en main ne me plaisait pas trop, mais j'espérais que mon état nous rapprocherait, mes beaux-parents et moi. J'ai cependant vite compris qu'ils ne me considéraient pas plus comme la mère du bébé que comme l'épouse de leur fils. Cet enfant leur appartenait, c'était *leur* descendant, celui qui perpétuerait *leur* nom et hériterait un jour de *leur* fortune. Pour le garder près d'eux, ils sont revenus sur leur décision de donner à Tony l'argent nécessaire à l'achat d'une maison, et il a recommencé à boire et à me tromper comme avant. Le soir où il est rentré ivre et m'a frappée de nouveau, je suis partie.

Les yeux toujours fixés sur les flammes, Laura prit une profonde inspiration avant de continuer :

— Ce n'était plus seulement moi qu'il frappait, désormais, mais le bébé aussi, et cela changeait tout. J'ai ravalé ma fierté et appelé Geoffrey pour lui demander de me prêter de l'argent. Il m'a envoyé deux mille dollars, j'ai loué un appartement, trouvé du travail et engagé une procédure de divorce. Dix jours plus tard, Tony était mort.

» Ma belle-mère est venue me supplier de ne parler à personne de mon projet de divorce, d'assister aux obsèques et de me comporter comme si Tony et moi avions formé le plus uni des couples ; il fallait à tout prix préserver sa réputation et sa mémoire. J'ai accepté, en souvenir du bonheur que j'avais connu avec lui durant ces quelques semaines parisiennes. Je suis même allée à la réception que mes beaux-parents avaient organisée après l'enterrement. Mais là, ils m'ont prise à part et exposé leurs intentions : ils paieraient tous mes frais médicaux, ma grossesse serait suivie par un grand spécialiste, j'accoucherais dans la meilleure clinique privée de la ville, et ensuite ils me donneraient cent mille dollars pour disparaître, en leur laissant l'enfant.

» J'ai refusé leur proposition — j'ai même eu l'audace de m'en indigner. Ils m'ont alors expliqué que c'était ça ou une action en justice dont ils sortiraient forcément vainqueurs grâce à leur fortune et à leur influence. Ils prétendraient que j'avais été la maîtresse de Geoffrey et que je n'avais jamais rompu avec lui. Ils s'étaient renseignés sur mon enfance, et ils en tireraient argument pour affirmer que j'étais instable, fragile sur le plan affectif et incapable d'élever mon enfant. Eux, en revanche, pourraient lui offrir tout ce dont il avait besoin dans tous les domaines.

» J'avais vingt-quatre heures pour réfléchir, mais je n'ai pas hésité une seconde. Je suis rentrée chez moi, j'ai rassemblé mes affaires, et je me suis enfuie. »

La jeune femme se tut, et Gabe resta silencieux pendant un long moment. Il avait quasiment exigé d'entendre l'histoire de Laura, mais il n'était pas loin de le regretter maintenant, car elle lui laissait un goût amer dans la bouche.

— Ecoutez, finit-il par déclarer, quoi que ces gens en disent, je doute que la justice leur accorde la garde de votre enfant.

— Ce risque existe pourtant, et je n'ai pas l'intention de m'y exposer. Le combat serait trop inégal.

— Qui sont vos beaux-parents ?

Pas de réponse.

— Qui sont vos beaux-parents ? répéta Gabe en reprenant la main de Laura. Je vous en prie, faites-moi confiance jusqu'au bout !

— Les Eagleton. Thomas et Lorraine Eagleton, de Boston.

Gabe hocha la tête. Ce nom ne lui évoquait pas seulement, comme à la plupart de ses compatriotes, une image de richesse et de puissance : sa famille appartenant au même milieu, il avait une idée très précise de la réalité qui se cachait derrière en termes de pouvoir et d'influence.

— Vous étiez mariée à Anthony Eagleton ? demanda-t-il.

— Oui. Vous le connaissiez ?

— A peine. Il était plutôt de l'âge de… Enfin, il était plus jeune que moi. Je l'ai juste rencontré une ou deux fois à San Francisco. J'ai lu dans le journal qu'il s'était tué en voiture, et l'article devait mentionner qu'il avait une femme, mais l'année passée ayant été un peu difficile, je n'ai pas fait très attention. Mes parents ont croisé les Eagleton dans diverses réceptions, mais ils n'ont jamais entretenu de relations personnelles avec eux.

— Vous n'en savez pas moins qu'ils ont du poids dans la société, et les moyens financiers d'obtenir ce qu'ils veulent. Ils ont lancé des détectives privés à ma poursuite, et je n'ai jamais pu m'installer nulle part sans que ces hommes finissent par retrouver ma trace. Vous comprenez, à présent, pourquoi je suis sans cesse obligée de fuir ?

Gabe se leva, alluma une cigarette et se mit à marcher de long en large dans la pièce pour tenter de clarifier ses idées et, surtout, ses sentiments.

— J'ai une question à vous poser, dit-il au bout d'un moment.

— Laquelle ?

— Je vous ai demandé un jour si vous aviez peur, et vous m'avez répondu que ce n'était pas de la peur, mais de la honte que vous éprouviez. Pourquoi ?

— J'ai accepté mon statut de victime sans réagir,

et cela m'a fait baisser dans ma propre estime au point de m'amener à penser que je méritais mon sort.

— Vous avez pourtant fini par quitter votre mari.

— Oui, l'enfant que je porte m'en a donné le courage, et maintenant, plus jamais je ne me laisserai humilier, plus jamais je ne laisserai quelqu'un me dicter sa loi.

— Vous avez tiré la leçon de cette douloureuse expérience... C'est positif, non ?

— Ce le serait en effet si les Eagleton ne cherchaient pas à me prendre mon bébé.

— Jusqu'où êtes-vous prête à aller pour les en empêcher ?

— Je ne peux que me cacher et espérer qu'ils ne me retrouveront pas.

— Mais s'il y avait un moyen plus efficace de vous protéger d'eux, que seriez-vous prête à faire pour en disposer ?

— N'importe quoi, mais la question ne se pose pas, puisque ce moyen n'existe pas.

— Si, épousez-moi !

5

Laura tressaillit, mais garda le silence. Gabe se tenait devant la cheminée, le visage impassible et l'air aussi détendu que s'il venait de lui proposer de mettre de la salade au menu du déjeuner. Même si sa vie en avait dépendu, la jeune femme n'aurait su dire s'il attachait plus d'importance à cette idée de mariage.

— Je suis fatiguée, finit-elle par déclarer en se levant. Je vais m'allonger.

— Entendu. Nous reprendrons cette conversation plus tard.

— Non, je ne crois pas ! s'écria-t-elle, laissant soudain éclater sa fureur. Comment pouvez-vous suggérer une chose pareille, après ce que je vous ai raconté ?

— Et si c'était justement votre récit la cause de ma suggestion ?

— Ah ! je vois ! Revoilà le bon Samaritain, le preux chevalier volant au secours d'une faible femme ! Il faut que je vous remercie à genoux, que je coure me placer sous votre protection ? N'y comptez pas ! Je n'ai nullement l'intention de tomber de nouveau sous la coupe d'un homme. C'est une erreur que je ne commettrai pas deux fois.

Ce discours fit bouillir Gabe et, de toutes les émotions, la colère était celle qu'il avait le plus de mal à contenir.

— Comment osez-vous me comparer à un alcoolique qui vous battait et vous trompait de façon éhontée ? s'exclama-t-il.

— Qui êtes-vous, alors ? Le défenseur de la veuve et de l'orphelin ?

— Non, je suis quelqu'un de très égoïste, mais je respecte les femmes, moi ! Je ne me reconnais pas le droit de régenter leur vie et, surtout, je ne les maltraite pas.

— Je n'ai pas dit que vous le faisiez, mais un mariage avec vous me placerait dans une situation identique à celle dont j'ai tant souffert.

— Pas du tout ! Je n'ai jamais utilisé mon statut social et mon argent pour manipuler les gens. Je vous propose au contraire de les mettre à votre service.

— Ça ne vous dérangerait pas que je vous épouse juste par intérêt ?

— Non. Je vous le demande même.

— Pourquoi ?

— C'est une excellente question, et celle que vous auriez dû me poser en premier.

— Je vous la pose maintenant.

Gabe recommença à arpenter la pièce, puis il s'arrêta devant le portrait presque achevé et le considéra pensivement. Ayant toujours mieux su traduire ses émotions par la peinture que par le langage, il espérait que ce tableau lui permettrait de comprendre la nature de ses sentiments pour Laura, mais, au bout d'un moment, il dut se résigner à déclarer :

— Je tiens beaucoup à vous. Je n'arrive pas à définir ce que j'éprouve, mais c'est très fort, et je me suis récemment rendu compte que je n'avais plus envie de vivre seul.

— Ce serait peut-être suffisant pour convaincre une autre femme de vous épouser, mais pas moi. J'ai déjà envers vous une dette dont je ne pourrai jamais vraiment m'acquitter, et je ne veux pas l'alourdir encore.

L'entêtement de Laura irritait Gabe, mais il réprima cette fois sa colère. Il alla la rejoindre, prit ses mains dans les siennes et lui demanda doucement :

— Je ne vous suis pas indifférent ?

— Non.

— Vous n'avez pas peur de moi ?

— Non.

— Alors laissez-moi vous aider.

— Vous semblez oublier que j'attends l'enfant d'un autre homme.

— Epousez-moi, et cet enfant sera le nôtre. Vous serez tous les deux en sécurité, et vous pourriez enfin cesser de fuir.

« En sécurité »… Cette idée suffit presque à persuader Laura d'accepter. Un simple oui lui apporterait ce dont elle rêvait depuis des mois.

— Non, dit-elle, je n'ai pas le droit de vous demander de…

Gabe la réduisit au silence en s'emparant de ses

lèvres. Il la désirait, c'était certain, mais elle percevait aussi en lui une fêlure secrète, une soif de tendresse et de réconfort. Avait-elle le droit de lui refuser ce qu'elle se savait capable de lui offrir ?

Comme s'il lisait dans ses pensées, Gabe s'écarta d'elle et murmura :

— Vous avez besoin de moi, et moi de vous.

Laura acquiesça de la tête et l'enlaça. Les mots étaient inutiles : leurs destins venaient de s'unir, pour le meilleur et pour le pire.

De nouvelles chutes de neige obligèrent Gabe à attendre trois jours pour se rendre à Lonesome Ridge.

— Je reviendrai aussi vite que possible, dit-il en buvant une dernière tasse de café avant de partir.

— J'aimerais mieux que tu roules doucement : les routes sont encore dangereuses.

— Avec la jeep, je ne risque rien, et ça m'ennuie de te laisser seule trop longtemps.

— La solitude ne me fait pas peur. J'en ai l'habitude.

— Peut-être, mais imagine que le bébé s'annonce pendant mon absence…

— Il ne naîtra pas avant plusieurs semaines. Tu te tracasses trop.

— C'est plus fort que moi, et j'espère que je ne mettrai pas trop de temps à trouver un officier d'état civil et à le persuader de venir nous marier dès aujourd'hui.

La casserole que Laura était en train de laver lui échappa des mains et heurta le fond de l'évier.

— Au… aujourd'hui ? bredouilla-t-elle.

— Pourquoi pas ? Aurais-tu changé d'avis ?

— Non, mais…

— Mais quoi ?

— Rien.

Laura sentait que sa réticence inquiétait Gabe. Elle était toujours décidée à l'épouser, bien sûr, mais son premier mariage s'était fait dans la précipitation, et cela ne lui avait pas porté chance…

— Je veux que mon nom figure sur l'acte de naissance du bébé, expliqua Gabe, et ce sera beaucoup moins compliqué si nous nous marions avant l'accouchement. Tu préférerais sans doute une cérémonie plus solennelle, et dans un cadre moins rustique ?

S'obligeant à sourire, la jeune femme se tourna vers lui et répondit :

— Non, ce cadre me convient parfaitement. Si un officier d'état civil accepte de t'accompagner ici aujourd'hui, j'en serai très heureuse.

— Parfait ! Mais promets-moi de te reposer, en attendant. Tu n'as pas bien dormi, cette nuit.

C'était vrai, songea Laura en reportant son attention sur la vaisselle. Le cauchemar était revenu, et Gabe, alerté par ses cris, n'avait réussi à la calmer qu'en se couchant près d'elle et en la gardant serrée contre lui.

— Je te promets de me ménager, déclara-t-elle.

— Tu penses avoir la force de m'embrasser, avant que je ne parte ?

Cette remarque la fit sourire. Gabe l'avait rejointe, et elle lui effleura la bouche d'un baiser.

— Nous ne sommes même pas encore mariés, et

tu m'embrasses comme si nous l'étions depuis vingt ans ! protesta-t-il.

Puis il lui mordilla la lèvre, et cela suffit à électriser ses sens : le baiser qu'elle lui donna ensuite n'avait plus rien de chaste.

— Voilà qui est mieux ! observa Gabe. Va t'allonger, maintenant ! Je serai de retour dans moins de deux heures.

— Sois prudent.

Quelques instants plus tard, Laura entendit la jeep démarrer. Elle se rendit dans le séjour et la regarda s'éloigner.

Le silence revint ensuite, et avec lui la nervosité éprouvée tout à l'heure à l'idée que, si Gabe arrivait à ses fins — et Laura commençait à croire que c'était presque toujours le cas —, ils seraient mariés avant la fin de la journée.

Et sa vie changerait de nouveau du tout au tout.

Mais, cette fois, ce serait un changement bénéfique. Gabe n'était pas Tony, et elle ferait en sorte que la paix et l'harmonie règnent dans le foyer où son enfant allait grandir.

Attribuant à un matelas trop mou et à une mauvaise nuit le mal de dos qui la tenaillait depuis le matin, la jeune femme s'approcha du portrait que Gabe avait terminé la veille. Elle s'assit sur le tabouret qu'il utilisait parfois, et étudia son visage.

C'était donc ainsi qu'il la voyait..., pensa-t-elle. Gabe lui avait donné un teint très pâle, avec juste une touche de couleur au niveau des pommettes. Cette peau diaphane la faisait ressembler à un ange, comme il l'appelait quelquefois. Elle avait l'air plongée dans un rêve éveillé, et il lui était en effet souvent arrivé de laisser vagabonder son esprit, pendant les longues séances de pose. La tristesse qu'exprimait son regard sur la toute première ébauche du tableau était cependant toujours là, et elle semblait annuler l'impression de force qui se dégageait de son attitude.

Une peinture n'était cependant pas une copie de la réalité, mais la vision qu'en avait l'artiste, et ce portrait était une très belle œuvre, la preuve éclatante du talent et de la sensibilité de son auteur.

Laura s'arracha à sa contemplation et regarda autour d'elle. Un mariage allait être célébré dans cette pièce, et il n'y aurait certes pas d'invités, ni de musique d'orgue, ni de pluie de pétales de rose, mais elle pouvait au moins y mettre un peu d'ordre.

Son mal de dos empirant, Laura se rendit ensuite dans la chambre et s'allongea. Deux heures plus tard, elle entendit la jeep remonter le chemin et se leva avec difficulté. Un bain chaud calmerait sans doute la douleur, et elle en prendrait un plus tard. L'idée qu'elle serait alors devenue Mme Gabriel Bradley lui paraissait totalement irréelle.

Quand elle revint dans le séjour, Gabe venait d'entrer accompagné d'un couple âgé.

— Je te présente M. et Mme Witherby, déclara-t-il. M. Witherby est adjoint au maire de Lonesome Ridge.

— Bonjour, dit la jeune femme. C'est très gentil à vous de vous être déplacés.

— Je n'ai pas vraiment eu le choix, observa Witherby avec un sourire désabusé.

— Ne faites pas attention à lui ! s'écria sa femme. Il adore se plaindre.

— Je peux vous offrir quelque chose à boire ? Une tasse de café ?

— Ne vous donnez pas cette peine ! Asseyez-vous, pendant que M. Bradley décharge son coffre.

Sur ces mots, Mme Witherby rejoignit Laura, l'entraîna d'autorité vers le canapé et s'y installa près d'elle.

— Il est très nerveux, reprit-elle, et ça lui occupera l'esprit autant que les mains.

Comme Laura était sûre que rien au monde ne pouvait ébranler la belle assurance de Gabe, elle soupçonna la vieille dame de lui attribuer automatiquement la nervosité qu'était censé éprouver un homme sur le point de se marier.

— Je devrais peut-être quand même aller l'aider, dit-elle en entendant Gabe poser des sacs sur la table de la cuisine.

— Non, restez assise ! décréta Mme Witherby. Une femme enceinte doit ménager ses forces : elle en aura grand besoin après la naissance !

— Vous avez des enfants ?

— Six, et quinze petits-enfants.

— Bientôt seize, annonça Witherby en sortant une pipe de sa poche.

— Range ça tout de suite ! lui ordonna son épouse. L'odeur infecte de ton tabac va donner mal au cœur à cette petite dame !

— Je ne compte pas l'allumer, indiqua-t-il d'un ton placide.

Puis il se mit à suçoter le tuyau de sa pipe, et Mme Witherby, apparemment satisfaite, pointa l'index vers l'une des toiles accrochées au mur et observa :

— C'est joli... Votre futur mari est un peintre amateur ?

Ce « joli » tableau se vendrait sans doute plus d'un demi-million de dollars, mais Laura jugea inutile de le préciser.

— Oui, répondit-elle, il consacre beaucoup de temps à la peinture.

Gabe entra à ce moment-là, les bras chargés de fleurs. Il toussota, l'air gêné, et expliqua :

— J'ai trouvé ça au marché.

— Il a acheté tout le stock de la marchande ! s'exclama Mme Witherby avant de se lever. Vous avez un vase, monsieur Bradley, parce que jamais votre fiancée ne pourra les tenir toutes entre ses mains !

— Un vase ? Euh... je ne sais pas, bredouilla Gabe.

— Ah ! les hommes ! Allez, donnez-moi ces fleurs, je vais m'en occuper. Si vous faisiez quelque chose d'utile, pendant ce temps, comme mettre une bûche dans le feu par exemple ? Il ne faudrait pas que cette petite dame attrape froid !

— Euh... oui. Enfin, non...

Jamais Gabe ne s'était senti aussi bête. Il tendit le bouquet à Mme Witherby et se dirigea vers le coffre à bois.

— Ne la laissez pas vous tyranniser, lui conseilla Witherby. Je lui sers déjà de souffre-douleur, et moi, depuis cinquante-deux ans que ça dure, j'en ai pris mon parti.

— Je t'entends ! cria sa femme depuis la cuisine.

— Vous êtes sûrs de savoir dans quoi vous vous engagez, tous les deux ? demanda M. Witherby en riant.

— Non, répondit Gabe avec un sourire.

— Ça vaut mieux ! Tu te dépêches de revenir, Jenny ? Ces jeunes gens aimeraient sûrement se marier avant d'être vieux !

Mme Witherby reparut dans le séjour, un arrosoir en guise de vase à la main. Elle le posa sur la table basse, puis en retira un œillet blanc qu'elle donna à Laura.

Cette dernière se leva et réprima à grand-peine une grimace de douleur. Elle craignit même un instant d'être obligée de se rasseoir, tant la station debout lui était pénible, mais Gabe s'avança alors pour lui offrir son bras, et elle put s'appuyer dessus.

Ils allèrent se placer devant la cheminée et échangèrent leurs consentements à la lueur dansante des flammes. Le parfum des fleurs se mêlait à celui du feu de bois, et peut-être était-il un peu enivrant, car Laura avait l'impression de flotter.

L'alliance que Gabe lui passa au doigt était un simple anneau doré, mais quand elle le regarda, une puissante émotion lui étreignit le cœur. Mme Witherby, qui officiait en tant que témoin, lui tendit ensuite celle de Gabe, et, après la lui avoir mise, elle referma la main sur la sienne, comme pour sceller l'engagement qu'elle venait de prendre de rester à ses côtés jusqu'à ce que la mort les sépare.

Gabe était si ému qu'il sentait des larmes lui piquer les yeux. Laura était sa femme... La peur qu'il avait eue de la voir changer d'avis au dernier moment lui apparaissait seulement maintenant.

— Toutes mes félicitations ! s'écria Mme Witherby en les embrassant tour à tour sur la joue. A présent, madame Bradley, allez vous rasseoir ! Je vais vous préparer une bonne tasse de thé, ensuite votre mari nous redescendra en ville.

— C'est gentil à vous de le proposer, mais nous n'avons pas de thé.

— Si, j'en ai acheté, dit Gabe.

— Viens m'aider, Ethan ! ordonna la vieille dame à son époux.

— Tu n'es pas capable de préparer du thé toute seule ? déclara ce dernier.

— Tu ne comprendras donc jamais rien ? Si je te demande de m'accompagner dans la cuisine, c'est pour permettre à ces jeunes gens d'être seuls cinq minutes !

Witherby grommela que l'heure du dîner approchait et qu'il était pressé de rentrer, mais il suivit sa femme.

— Ils sont merveilleux, observa Laura.

— Jenny a du caractère, mais sans elle, je ne crois pas que j'aurais pu arracher son mari à sa télévision. Elle l'a pratiquement poussé dehors !

Un silence gêné s'installa ensuite, que Laura finit par rompre en murmurant :

— Merci pour les fleurs, et pour l'alliance.

— Il n'y a pas de bijouterie à Lonesome Ridge,

mais il y a une quincaillerie qui vend des anneaux de rideau de toutes les tailles.

— Tu veux dire que…

— Hélas, oui ! J'ai trouvé de l'excellent thé, en revanche, et je n'ai pas oublié les pâtes de guimauve.

L'idée de porter un anneau de rideau au doigt avait amusé Laura, mais, tout de suite après, elle éclata en sanglots.

— Je… je suis désolée, balbutia-t-elle. C'est plus fort que moi.

Gabe avait la gorge nouée, lui aussi, et les larmes de sa femme n'arrangeaient rien.

— Ecoute, déclara-t-il, j'ai bien conscience de ne pas t'avoir offert le mariage du siècle, mais quand nous serons à San Francisco, nous donnerons une grande réception pour fêter dignement l'événement.

— Non, ce n'est pas ça… Cette cérémonie était au contraire très émouvante. Je… je ne sais pas comment te remercier.

— En arrêtant de pleurer, pour commencer ? Et de me remercier, ensuite ?

Sortant de sa poche le grand mouchoir dont il se servait pour enlever la peinture fraîche de ses mains, Gabe le tendit à Laura. Elle se tamponna les yeux avec et expliqua en s'efforçant de sourire :

— Ce sont les pâtes de guimauve qui m'ont porté le coup de grâce.

— Si tu dois fondre en larmes chaque fois que je t'en achète, tu n'en auras plus jamais !

— Tu es si gentil… Je te promets de tout mettre

en œuvre pour te rendre heureux, afin que tu ne regrettes jamais de m'avoir épousée.

— Tu as l'air de penser que je l'ai fait par pure bonté d'âme! s'écria Gabe, agacé. Tu te trompes ; si je t'ai demandée en mariage, c'est parce que je le voulais, parce que je *te* voulais.

— Sans doute, mais…

— Tais-toi, Laura!

Gabe posa la bouche sur la sienne et, loin de s'offusquer de sa brusquerie, elle s'abandonna contre lui et s'offrit à son baiser.

Il n'en fallut pas plus pour que son irritation cède la place à une flambée de désir. Il l'embrassa avidement, puis s'écarta d'elle et chuchota :

— Nous ne pouvons pas encore devenir vraiment mari et femme, mais quand nous le serons enfin, c'est moi qui te serai reconnaissant de m'avoir épousé. Quant à toi, tu n'auras même plus la force de me remercier.

Encore secouée par la passion que Gabe avait mise dans son baiser, Laura ne trouvait rien à dire. Mme Witherby la dispensa de trouver une réponse en revenant dans la pièce avec un plateau.

— Laissez votre épouse s'asseoir et boire son thé pendant qu'il est chaud, monsieur Bradley ! ordonna-t-elle. Et, bien que ça m'ennuie de vous éloigner d'elle le jour de votre mariage, je vais vous demander de nous ramener en ville, maintenant. Vous serez ainsi rentré chez vous à temps pour préparer le dîner.

— Non, je m'en occuperai en attendant Gabe, annonça Laura.

— Tut ! Tut ! Vous ne devez pas vous fatiguer. Une femme enceinte a le droit de se faire servir… Tu viens, Ethan, ou tu comptes rester toute la soirée dans cette cuisine ?

A la fois amusée et touchée par la façon dont la vieille dame défendait ses intérêts, Laura alla prendre une fleur dans l'arrosoir et la lui offrit en disant :

— Merci pour tout. Je ne vous oublierai jamais.

— Moi non plus, et je vous souhaite beaucoup de bonheur à tous les trois… Alors, Ethan, tu te dépêches ?

— Je serai de retour dans une heure au plus tard : les routes ne sont pas trop mauvaises, déclara Gabe à Laura. Repose-toi, pendant ce temps. Tu as l'air épuisée.

— Je ne soulèverai rien de plus lourd que la théière, promit-elle.

Ce fut cette fois en faisant tourner son alliance autour de son doigt qu'elle regarda la jeep s'éloigner, et en se demandant comment un si petit objet pouvait changer tant de choses. Elle se pencha ensuite en avant pour tenter de soulager son mal de dos, puis alla s'installer sur le canapé et but une tasse de thé.

Même en position assise, elle souffrait toujours autant et, après s'être recroquevillée sur elle-même sans constater la moindre amélioration, elle s'allongea de nouveau pour essayer de dormir un peu.

Gabe était parti depuis dix minutes à peine quand elle eut sa première contraction, et rien dans ce qu'elle avait lu ne l'avait préparée à éprouver une douleur aussi vive et d'une telle durée.

Prise au dépourvu, elle n'eut pas la présence d'esprit

d'appliquer les règles de respiration exposées dans ses livres ; tous les muscles de son corps se crispèrent, son pouls s'affola, et elle se renversa sur les coussins, la poitrine haletante, quand la vague de douleur reflua enfin.

Le travail ne pouvait pas avoir commencé, pensa-t-elle pour se rassurer. Il était bien trop tôt : un mois entier la séparait de la date prévue pour la naissance...

Non, c'était un faux travail qui s'arrêterait bientôt de lui-même et n'aurait d'autre conséquence qu'une grande peur et le soulagement, ensuite, de ne pas devoir mettre le bébé au monde dans un chalet de montagne, sans aucune assistance médicale.

Mais ce mal de dos persistant... Et si le travail avait en fait commencé ce matin, c'est-à-dire depuis des heures ? Si cette contraction annonçait le début de la phase suivante — celle qui conduirait inexorablement à l'accouchement ?

Non, c'était un faux travail, se répéta Laura. Il le fallait...

La deuxième contraction renforça cependant ses craintes, et la troisième, peu de temps après, les confirma.

Laura était dans son lit quand Gabe rentra, et elle ne put lui demander de venir parce qu'elle serrait les dents en attendant la fin d'une nouvelle contraction. L'étau de la peur qui la tenaillait depuis près d'une heure se desserra cependant un peu : Gabe était là.

Elle l'entendit mettre une bûche dans le feu, inspira

profondément quand la douleur passa enfin, puis elle l'appela.

L'angoisse que Gabe perçut dans la voix de sa femme lui fit traverser le séjour en trois enjambées. Il s'arrêta sur le seuil de la chambre... et son cœur s'arrêta de battre. Laura était adossée à l'oreiller, mi-assise, mi-allongée, le visage baigné de sueur et de grands cernes sous les yeux.

— Je t'avais dit que le bébé était impatient de découvrir le monde, déclara-t-elle avec un sourire forcé, mais je ne pensais pas qu'il l'était au point de naître un mois avant terme.

Ce que Gabe redoutait était donc arrivé, mais il ne perdit pas de temps à se lamenter. Il courut au chevet de Laura et lui prit la main.

— Tiens bon ! Je téléphone tout de suite à un médecin.

— J'ai déjà essayé, mais la ligne est coupée.

— J'ai vu qu'un camion avait renversé un poteau, sur la route... Cela a dû provoquer une panne de réseau, et Dieu sait quand elle sera réparée ! Je vais te porter jusqu'à la voiture et t'emmener à l'hôpital.

— Non, je ne peux pas me déplacer : le travail est trop avancé. Il a dû commencer ce matin ; j'avais très mal au dos, mais je n'y ai pas prêté attention. Je l'ai attribué à la mauvaise nuit que je venais de passer, et je n'ai compris mon erreur qu'après ton départ, quand les contractions ont débuté.

Les jambes soudain molles, Gabe s'assit sur le bord du lit. Que fallait-il faire ? Il n'en avait pas la moindre idée. Lorsque la main de Laura étreignit plus fort la sienne, il s'obligea à se ressaisir et demanda :

— A quel intervalle se produisent les contractions ?

— Cinq minutes, et…

Laura s'interrompit brusquement, renversa la tête sur l'oreiller et se mit à respirer par petites bouffées rapides. Gabe posa la main sur son ventre et le sentit se durcir.

Les ouvrages sur la grossesse et l'accouchement qu'elle avait rangés sur une étagère du séjour lui revinrent alors à la mémoire. Il les avait lus parce que, sans trop savoir pourquoi, il avait envie de comprendre ce qu'elle était en train de vivre. Ces livres donnaient maints détails, explications et conseils pratiques qui allaient maintenant lui être très utiles.

Un peu rasséréné, il écarta doucement les mèches blondes collées par la sueur au front de Laura et lui chuchota des mots apaisants jusqu'à ce qu'il sente ses muscles se relâcher.

— Les contractions se rapprochent, murmura-t-elle, et j'ai peur. Si le bébé se présente mal, je risque de le perdre…

— Non, il ne lui arrivera rien ! affirma Gabe avec plus d'assurance qu'il n'en éprouvait vraiment.

Puis il fit un effort pour se rappeler ce que disaient les livres. Il devait aller chercher des serviettes, stériliser des ciseaux et du fil, se laver soigneusement les mains… C'était simple, finalement, et autrefois les femmes accouchaient chez elles, n'est-ce pas ? Refusant résolument de penser à celles qui mouraient en couches, faute d'assistance médicale, il se leva et annonça :

— Je vais réunir le matériel dont nous aurons besoin, et je reviens juste après. Ne t'inquiète pas : tout se passera bien. Tu as confiance en moi, n'est-ce pas ?

La jeune femme hocha la tête, s'essuya le front d'une main lasse et ferma les yeux.

Quand Gabe revint dans la chambre, elle était aux prises avec une contraction qui la faisait grimacer de douleur. Le cœur serré mais bien décidé à maîtriser ses émotions, il posa une pile de serviettes au pied du lit.

— Tu as froid ? demanda-t-il lorsqu'il vit le visage de Laura se détendre. Tu veux que je t'apporte une couverture ?

— Non, mais il en faudra plusieurs pour tenir le bébé au chaud. C'est important pour un prématuré.

— J'en ai une bonne réserve, et je viens de recharger le poêle… Ça va ?

— Oui, mais jamais je n'aurais cru avoir aussi mal. Les livres et les médecins disent qu'il est possible de contrôler la douleur, mais ils mentent.

— Rien ne t'empêche de crier, si ça peut te soulager. Personne ne t'entendra.

— Non, je ne veux pas que mon enfant naisse dans les cris et les larmes, décréta Laura. Il…

Une nouvelle contraction lui coupa la parole. Gabe lui prit la main et la serra fort pendant tout le temps que dura le spasme.

— S'il m'arrive quelque chose, chuchota-t-elle, promets-moi de…

— Il ne t'arrivera rien ! Cela me brise le cœur de te voir souffrir autant, mais courage, mon ange ! Ce sera bientôt terminé.

Les contractions se rapprochèrent ensuite rapidement, augmentèrent en durée et en intensité… Gabe ne quittait pas Laura des yeux, et les mouvements convulsifs de la main agrippée à la sienne se propageaient dans son corps tout entier, comme des ondes dont l'écho lui disait la violence du séisme qui était en train de secouer sa femme.

Il n'osait imaginer ce qu'elle endurait. Alors que sa peine à lui était juste morale, il transpirait à grosses gouttes et se sentait proche de l'épuisement. Laura, elle, souffrait en plus dans sa chair, et il ne pouvait qu'admirer la façon dont elle profitait des brefs moments de répit que lui laissaient les vagues de douleur pour rassembler ses forces en prévision de la suivante. Il la croyait chaque fois au bord de la rupture, et elle trouvait chaque fois l'énergie nécessaire pour affronter une nouvelle contraction, comme un guerrier repartant sans cesse au combat.

C'était une leçon d'humilité pour Gabe, car il doutait de sa capacité à faire preuve d'un tel courage.

— Tu as choisi un prénom ? demanda-t-il pour essayer de la détendre.

— J'en ai plusieurs. Le soir, avant de m'endormir, j'essayais de me représenter mon bébé, et je cherchais le prénom qui irait le mieux avec… Oh ! mon Dieu !

— Respire, mon ange ! Ça va passer.

— Non, je ne peux pas… respirer. J'ai envie de pousser !

— Attends…

Gabe se leva pour aller vérifier si la tête du fœtus apparaissait.

— Le bébé n'est pas complètement descendu, annonça-t-il. Il faut que tu te retiennes.

De longues minutes s'écoulèrent encore, et Laura ne savait où elle aurait trouvé la force de surmonter cette nouvelle épreuve, si Gabe n'avait été là pour l'encourager, la réconforter et la conseiller tour à tour.

— Je... je ne vais plus pouvoir me retenir très longtemps, dit-elle.

— Ce n'est plus la peine, je vois la tête... Attends la prochaine contraction, et pousse !

La voix de Gabe lui parvenait comme à travers un épais brouillard, mais c'était la seule chose qui lui permettait de garder un semblant de lucidité, et elle s'y raccrochait comme un naufragé à une bouée.

— Oui, c'est bien... Encore... Arrête de pousser ! Respire ! Allez, on recommence... Je dégage la tête... Aux épaules, maintenant... Un dernier effort, mon ange ! Il est presque...

Un vagissement retentit, le son le plus merveilleux que Laura eût jamais entendu, et qui lui fit oublier en une seconde ses longues heures de souffrance et d'angoisse.

— C'est un garçon ! Tu as un fils, mon ange !

— Un fils..., répéta-t-elle, partagée entre le rire et les larmes.

— Il est magnifique ! Absolument parfait, de la tête aux pieds !

— Donne-le-moi.

Gabe posa le bébé sur le ventre de Laura, et leurs mains se joignirent spontanément sur le petit corps tiède tandis que la pièce s'emplissait des cris vigoureux du nouveau-né.

Laura ne pouvait se résoudre à fermer les yeux. Gabe lui avait enjoint de se reposer, mais elle ne parvenait pas à détacher son regard de l'enfant endormi dans le creux de son bras.

Il était si petit… A peine plus de cinq livres, d'après la balance de ménage sur laquelle Gabe l'avait pesé une heure plus tôt, quarante-cinq centimètres, une tête ronde couverte d'un duvet blond et soyeux, des oreilles finement ourlées, une bouche minuscule qui esquissait de drôles de moues dans son sommeil… Laura ne se lassait pas de l'admirer.

— Il ne va pas s'envoler, tu sais !

La voix de Gabe la tira de sa contemplation — rien d'autre n'aurait eu ce pouvoir, elle en était certaine. Il se tenait sur le pas de la porte, et elle lui tendit la main pour l'inviter à s'approcher.

— Tu dois être épuisé, déclara-t-elle quand il se fut assis sur le lit, mais j'aimerais que tu restes une minute.

— C'est toi qui as fait tout le travail, protesta-t-il en caressant la joue du bébé.

— Non, et c'est la première chose que je voulais te dire : sans toi, je n'y serais jamais arrivée.

— Bien sûr que si !

— Non, et maintenant, cet enfant n'est pas seulement le tien parce qu'il portera ton nom, mais parce que tu l'as aidé à venir au monde.

— Je t'interdis de me remercier !

— C'est inutile.

Gabe haussa un sourcil interrogateur, mais Laura, pour toute explication, mit le nouveau-né dans ses bras, et ce geste était plus éloquent que des mots. Il signifiait qu'elle acceptait de partager avec lui la responsabilité de son fils, qu'elle lui faisait le cadeau d'une paternité à part entière.

Trop ému pour parler, il écarta légèrement les pans de la couverture qui enveloppait le bébé, effleura une petite main délicate, presque translucide, et la regarda avec émerveillement se refermer sur son doigt.

— Un de tes livres contient un chapitre sur les prématurés, et je suis allé le lire, indiqua-t-il. Un bébé né après la trente-quatrième semaine et qui pèse au moins cinq livres ne pose pas de problème particulier, mais je serais malgré tout plus tranquille si vous étiez tous les deux dans un hôpital. Tu penses recouvrer suffisamment de forces d'ici à demain pour que je t'emmène à Colorado Springs ?

— A condition que tu m'apportes quelque chose à manger. Je meurs de faim !

— J'y vais, mais avant, si tu me disais comment tu comptes appeler le bébé ?

— J'ai décidé de te laisser choisir.

— Moi ?

— Oui. Donne-lui un prénom que tu aimes, ou celui d'une personne qui t'est spécialement chère.

Gabe n'eut pas une seconde d'hésitation.

— Michael, murmura-t-il, les yeux fixés sur l'enfant endormi.

6

San Francisco… Laura n'avait pas menti en disant qu'elle avait toujours rêvé de connaître cette ville, mais jamais elle n'aurait cru y arriver avec un mari et un bébé de quinze jours, ni y loger dans une somptueuse résidence construite sur une colline qui dominait la baie.

La maison de Gabe…, songea-t-elle en tripotant nerveusement son alliance. C'était stupide de se laisser impressionner par la taille et le luxe de cette demeure, stupide de s'y sentir mal à l'aise, parce que tout y respirait la richesse et la puissance.

A peine entrée dans l'immense vestibule dallé de marbre, pourtant, Laura pensa avec nostalgie à la chaude intimité du chalet. Il avait recommencé à neiger le jour où ils avaient quitté le Colorado, alors qu'en Californie le printemps était déjà là, mais elle n'en regrettait pas moins le froid et la rudesse des montagnes.

— C'est magnifique, déclara-t-elle avec un sourire contraint en levant les yeux vers un majestueux escalier à rampe d'acajou.

— Cet hôtel particulier appartenait à ma grand-mère, expliqua Gabe. Elle y a toujours vécu, et je l'aime pour la beauté et l'harmonie de son architecture… Tu veux que je te le fasse visiter, ou bien tu préfères aller te reposer ?

Ces propos augmentèrent le malaise de Laura : il lui semblait que Gabe aurait tenu les mêmes à une simple invitée.

— Si j'allais me reposer chaque fois que tu me le proposes, répondit-elle, je passerais mes journées au lit.

— Je vais commencer par te montrer le premier étage, et nous verrons ensuite si tu as envie de continuer.

Gabe avait conscience de parler à Laura sur un ton trop poli, trop impersonnel, mais il se sentait nerveux depuis leur montée dans l'avion. Plus ils s'étaient éloignés du Colorado, plus sa femme lui avait paru distante. Il s'était fait une joie de la ramener dans la maison qui serait désormais la leur, et maintenant, il ne trouvait que des banalités à lui dire.

Une valise dans chaque main, il gravit l'escalier, poussa une porte et introduisit Laura dans une vaste pièce, très haute de plafond, au plancher de bois sombre patiné par les ans, décorée de meubles anciens et de riches tapis orientaux. Une baie vitrée ouvrait sur une terrasse qui surplombait un jardin rempli de fleurs et d'arbres en bourgeons.

— J'ai toujours couché dans cette chambre, indiqua Gabe, mais s'il y en a une autre que tu préfères, ce sera facile à arranger.

— Non, celle-ci est très belle.

— La porte du fond donne sur une salle de bains, et la pièce voisine pourrait servir de nurserie.

Comme chaque fois qu'ils parlaient du bébé, l'atmosphère entre eux se détendit.

— J'aimerais la voir, déclara la jeune femme. Après ces quinze jours passés en couveuse, Michael mérite d'avoir une chambre à lui.

Elle suivit Gabe et entra dans une pièce peinte dans les tons bleus et gris, moins grande que la précédente, mais dont le lourd mobilier et les tableaux d'ancêtres accrochés aux murs ne convenaient guère à une chambre d'enfant.

— Il faudra refaire la décoration et changer les meubles, souligna Laura.

— Si tu veux. Michael dormira avec nous le temps des travaux.

— Tu es sûr que ça ne t'ennuie pas ? Parce que le moment où il ne se réveillera plus la nuit est encore loin.

— Je peux vous envoyer tous les deux à l'hôtel, en attendant.

Croyant que Gabe était sérieux, Laura ouvrit la bouche pour protester, et puis elle vit la lueur malicieuse qui brillait dans ses yeux verts.

— Désolée, dit-elle. J'ai parfois du mal à comprendre ton humour.

— Tu t'y habitueras ! s'exclama-t-il en riant.

Puis il lui caressa la joue dans un de ces élans de tendresse qui arrivaient presque à la convaincre que les rêves devenaient parfois réalité.

— Mon atelier est au fond du couloir, reprit-il. J'y

passe le plus clair de mon temps, mais je serai toujours prêt à venir t'aider. Toi seule peux nourrir Michael, mais je devrais être capable de changer une couche. Il paraît que je suis assez habile de mes mains.

Gabe ponctua cette dernière phrase d'une nouvelle caresse sur la joue de Laura, qui sentit un lent frisson la parcourir. Elle était partagée entre l'envie de se jeter dans ses bras et celle de s'écarter de lui, mais le bébé trancha ce dilemme en se mettant à pleurer.

— Il t'a entendu parler de manger, remarqua-t-elle avec son premier vrai sourire depuis qu'elle était entrée dans la maison.

— Si tu allais t'installer dans notre chambre ? C'est là que tu seras le mieux. Moi, j'ai quelques coups de téléphone à donner.

— Tu as l'intention d'appeler tes parents ?

— Oui. Ils sont impatients de faire ta connaissance. Tu te sens la force de les rencontrer ce soir ?

Sur le point de répliquer qu'elle n'était ni malade ni invalide, la jeune femme comprit soudain que Gabe ne parlait pas de son état physique, et cette preuve de compréhension la rassura un peu.

— Bien sûr, déclara-t-elle.

— Parfait ! Je vais aussi prendre des dispositions pour l'aménagement de la nurserie… De quelle couleur veux-tu qu'elle soit peinte ?

Laura hésita. Elle avait en fait prévu de la repeindre elle-même, et cette perspective lui plaisait même beaucoup, mais il fallait se rendre à l'évidence : si elle s'était très vite sentie chez elle dans le chalet, cette maison était celle de Gabe et le resterait sans doute toujours.

— Jaune clair pour les murs et blanc pour les boiseries, répondit-elle.

Puis elle regagna la pièce voisine et s'assit près de la baie vitrée pour allaiter son fils. C'était un tel bonheur de l'avoir constamment avec elle, au lieu d'être obligée d'aller à l'hôpital pour le nourrir, le bercer, le cajoler... Il lui avait été si difficile de le quitter tous les soirs et d'attendre une nuit entière dans une chambre d'hôtel le moment de le revoir enfin...

Le cœur débordant d'amour, elle regarda son fils téter, paupières closes et une main posée sur son sein. Il avait déjà pris du poids, et le pédiatre de l'hôpital l'avait déclaré en excellente santé.

Laura se rappela avec attendrissement le bracelet fixé à son minuscule poignet. Un bracelet où se lisait son nom : Michael Monroe Bradley.

Qui était Michael — le Michael de Gabe ? Elle ne le lui avait pas demandé, mais cette personne comptait visiblement beaucoup pour lui.

— C'est toi Michael, à présent, murmura-t-elle au bébé qui, maintenant repu, s'était endormi contre sa poitrine.

Après l'avoir couché sur le lit et entouré d'oreillers bien qu'elle le sût encore incapable de rouler sur lui-même, la jeune femme sortit sa brosse à cheveux de sa valise et la posa sur la commode. C'était stupide, bien sûr, mais elle voulait laisser dans la chambre un objet personnel qui la marquerait de son empreinte.

Elle trouva Gabe au rez-de-chaussée, dans une

bibliothèque lambrissée au sol recouvert d'une moquette gris perle. Il était au téléphone et, pour ne pas le déranger, elle s'apprêtait à ressortir quand il lui fit signe d'entrer, sans pour autant cesser de parler dans le combiné :

— Les tableaux devraient être là d'ici à la fin de la semaine… Oui, je suis revenu pour de bon… Non, je vais être très occupé pendant quelques jours, mais merci quand même… Je te tiendrai au courant.

Cette conversation avec une personne dont elle ne savait rien donna plus que jamais à Laura le sentiment d'être une intruse, et plus seulement dans la maison de Gabe, mais dans sa vie tout entière.

Enfin, il raccrocha et demanda :

— Où est Michael ?

— Là-haut. Je l'ai couché dans le lit, mais il a besoin d'un berceau, et je pourrais aller en acheter un tout de suite, si tu voulais bien veiller sur lui pendant ce temps.

— Non, il faut que tu restes. Mes parents ne vont pas tarder à arriver.

— Déjà ?

— Tu n'as pas à t'inquiéter : ce ne sont pas des monstres.

— J'en suis sûre, mais je me sens si vulnérable, maintenant que nous sommes à San Francisco… Plus il y aura de gens qui sauront où est Michael, plus la situation sera dangereuse.

— Tu ne peux pas le garder enfermé dans une bulle de verre ! Et je croyais que tu avais confiance en moi.

— J'avais… J'ai confiance en toi.

La jeune femme ne s'était pas corrigée assez vite, et Gabe répéta :

— Tu *avais* confiance en moi ? Ecoute, Laura, tu as pris une décision : le jour où Michael est né, tu as fait de moi son père à part entière... Aurais-tu changé d'avis ?

— Non, mais les choses sont différentes, ici. Le chalet était...

— Une excellente cachette pour nous deux, mais cette page de notre vie est tournée, et une autre commence. Je comprends ton angoisse devant le bouleversement que cela représente pour toi, mais tu vas t'adapter, et je serai là pour t'y aider.

Le doute que Gabe lut dans les yeux de Laura lui causa moins de colère que de regret. Qu'était devenue la femme forte et généreuse qu'il avait connue au chalet ?

Dans l'espoir de la ressusciter, il se leva, l'attira dans ses bras et unit leurs lèvres. Elle se raidit d'abord, puis elle se serra contre lui, et il sentit le désir monter en elle jusqu'à égaler le sien et les pousser tous les deux à accompagner leur baiser de caresses fiévreuses.

Laura avait déjà pratiquement retrouvé une silhouette de jeune fille, et les mains de Gabe pouvaient maintenant explorer tout à loisir les courbes et les méplats de son corps. Il lui tardait de consommer leur mariage, mais il était encore trop tôt, il le savait, aussi se résigna-t-il finalement à rompre leur étreinte.

— Tu as peut-être perdu une partie de ta confiance en moi, murmura-t-il, mais il y a une chose dont je t'interdis de douter : l'envie que j'ai de toi.

— Elle est réciproque, mais j'aimerais tellement que nous puissions vivre tous les trois à l'écart du monde !

— Ce n'est ni possible ni souhaitable, et particulièrement pour Michael.

— Oui, tu as raison, et cela me rappelle que je dois aller voir s'il ne s'est pas réveillé.

L'intensité de la passion qu'un simple baiser et quelques caresses avaient éveillée en elle déconcertait Laura : jamais aucun homme ne l'avait fait vibrer ainsi, ne l'avait emplie de ce sentiment de tout vouloir de lui, et de vouloir tout lui donner d'elle.

La jeune femme était arrivée au pied de l'escalier quand la solution de l'énigme lui apparut : elle était amoureuse de Gabe. Il ne s'agissait plus de l'affection teintée de reconnaissance qu'elle lui portait au début, ni même du lien très fort qui s'était forgé entre eux le jour de la naissance de Michael… Non, c'était quelque chose de beaucoup plus puissant, et de beaucoup moins explicable — l'amour inconditionnel, irraisonné, d'une femme pour un homme.

Glacée d'effroi, Laura s'immobilisa. Elle avait déjà été amoureuse, une seule fois et pendant peu de temps, mais cela avait suffi à la faire retomber dans une situation de dépendance dont elle s'était crue affranchie. Elle avait finalement trouvé la force de reprendre son destin en main, et elle ne voulait pas redevenir la femme qui s'était laissé humilier par Tony et ses parents. C'était cela qui la gênait le plus dans la maison de Gabe, comprit-elle soudain : sa similitude avec celle des Eagleton, où elle s'était toujours sentie mal à l'aise et sans défenses.

Mais l'histoire ne se répéterait pas, se promit-elle. Cette fois, elle saurait lutter contre ce stupide complexe d'infériorité qui l'avait réduite à un rôle de victime consentante.

Le timbre de l'entrée la ramena à la réalité. Après avoir jeté un bref coup d'œil par-dessus son épaule, elle s'engagea dans l'escalier et le monta quatre à quatre.

Quand Gabe ouvrit la porte, il fut immédiatement attiré dans des bras dont l'étreinte faillit l'étouffer. Sa mère ne se contentait jamais de lui poser un rapide baiser sur la joue : qu'ils ne se soient pas vus depuis des mois ou depuis la veille, sa tendresse s'exprimait toujours de façon aussi démonstrative.

— Tu m'as tellement manqué ! s'écria-t-elle. Je me demandais ce qui te déciderait à sortir de ta retraite, mais je ne me doutais pas que ce serait une épouse et un bébé !

— Bonjour, maman, dit Gabe avec un sourire mi-attendri, mi-amusé.

Avec son visage lisse et des cheveux qui avaient gardé leur blondeur naturelle, Amanda Bradley faisait beaucoup moins que son âge, et à sa beauté inaltérable s'ajoutait une vivacité qui renforçait son air d'éternelle jeunesse. Elle avait les yeux de Michael, d'un vert tacheté de gris, et plus foncés que ceux de Gabe. Leur vue était pour lui à la fois une joie et une souffrance.

— Tu es resplendissante, déclara-t-il.

— Pas toi ! répliqua-t-elle en franchissant le seuil

d'un pas résolu. Tu as maigri, ce dont tu n'avais pas vraiment besoin… Alors, où sont-ils ?

— Laisse-lui le temps de souffler, Mandy ! objecta son mari avant de serrer, lui aussi, son fils dans ses bras.

Grand et mince, il arborait en toutes circonstances une mine débonnaire, mais les gens qui le connaissaient avaient appris à ne pas s'y fier. C'était un homme d'une intelligence aiguë, et d'une force de caractère hors du commun.

— Je suis content que tu sois revenu, Gabe, reprit-il. C'est toi que ta mère va houspiller, maintenant, et elle me laissera enfin tranquille.

— Je suis de taille à vous mater tous les deux ! riposta l'intéressée. Nous avons apporté une bouteille de champagne pour fêter le mariage, la naissance, et tout ce que nous avons raté, mais pour l'amour du ciel, Gabe, ne reste pas là les bras ballants ! Qu'attends-tu pour nous présenter ta femme et ton fils ?

— Laura est montée voir si le bébé ne s'était pas réveillé. Si nous allions dans le salon ? Elle ne devrait pas tarder à redescendre.

— Par ici, Mandy ! décréta Clifton Bradley en prenant fermement son épouse par le bras.

— Bon, j'accepte de patienter cinq minutes à condition que tu me dises où tu en es de ta peinture, Gabe.

Ce dernier acquiesça de la tête et suivit ses parents. Il les regarda s'asseoir, mais sa nervosité ne lui permit pas de les imiter.

— J'ai réalisé de nombreux tableaux pendant ces

six mois, indiqua-t-il, et ils seront livrés à la galerie dans la semaine. J'ai déjà appelé Marion.

— Magnifique ! J'ai hâte de les découvrir.

— Il y en a un dont je suis particulièrement satisfait, et j'ai l'intention de l'accrocher ici, au-dessus de la cheminée.

— Tu dois beaucoup l'aimer, en effet, car tu n'avais encore jamais jugé aucune toile digne d'occuper cette place d'honneur.

Gabe garda le silence, sortit son paquet de cigarettes de sa poche… et l'y remit en voyant sa femme apparaître sur le seuil, Michael dans les bras.

Guidée par le bruit des voix, Laura avait poussé la porte du salon, mais elle se donna le temps d'observer le couple assis sur le canapé avant d'entrer.

Les parents de Gabe… Sa mère était ravissante, avec un visage aux traits fins, à peine marqué par les rides, et une distinction naturelle que venait renforcer la sobre élégance de sa tenue — un tailleur de soie grège juste égayé par un collier d'émeraudes et des boucles d'oreilles assorties.

Son mari possédait, lui aussi, la beauté aristocratique que les familles patriciennes se transmettaient de génération en génération. Laura lui trouva d'abord un air un peu indolent, mais le regard pénétrant qu'il posa soudain sur elle la fit changer d'avis.

— Voici Laura et notre fils, déclara Gabe.

Sa mère se leva aussitôt et s'approcha de la jeune femme, un sourire poli sur les lèvres, avec dans les yeux plus de curiosité que de bienveillance. Malgré sa peur d'être jugée et condamnée d'un simple coup d'œil, Laura redressa la tête et soutint sans faiblir le regard planté dans le sien.

— Je suis très heureuse de faire enfin votre connaissance, dit Amanda.

— Et moi la vôtre et celle de votre mari.

— Nous voulions aller vous chercher à l'aéroport, mais Gabe nous l'a interdit.

— Et il a eu raison, intervint Clifton. J'ai même essayé de persuader Mandy de remettre cette visite à demain, mais elle ne m'a évidemment pas écouté.

— Non, j'étais trop impatiente de voir mon petit-fils… Je peux le prendre ?

La première réaction de Laura fut de serrer le bébé plus fort contre sa poitrine, mais elle se maîtrisa et le posa dans les bras tendus de sa belle-mère, qui chuchota d'une voix émue :

— Il est adorable… D'après Gabe, il est né un mois avant terme… Il n'a pas de problèmes de santé au moins ?

— Non, aucun.

Clifton s'était levé à son tour pour venir se pencher sur l'enfant, qui ouvrit soudain les yeux, arrachant un cri de ravissement à Amanda :

— Il me regarde ! Tu regardes ta mamie, hein, mon trésor ?

— Non, c'est moi qu'il regarde ! protesta son mari.

— Pas du tout ! Je l'intéresse beaucoup plus que toi, alors au lieu de rester là à sourire bêtement, rends-toi utile : débouche le champagne !

Le comportement possessif de sa belle-mère à l'égard de Michael mettait Laura au supplice. Elle avait envie de le lui arracher des bras et de partir en courant, mais elle parvint de nouveau à se raisonner : Amanda Bradley n'était pas Lorraine Eagleton. Il n'en demeurait pas moins qu'elle se sentait exclue du cercle formé par la famille Bradley, et dont son fils, lui, faisait désormais partie.

— Je… j'irais bien chercher des verres, balbutia-t-elle, mais je ne sais pas où ils sont.

Sans un mot, Gabe se dirigea vers une armoire et en sortit quatre coupes en cristal.

— Si vous veniez vous asseoir, Laura ? suggéra Clifton en posant la main sur l'épaule de la jeune femme. Le voyage a dû vous fatiguer.

— J'ai l'impression d'entendre Gabe ! observa-t-elle.

Ces mots furent cependant accompagnés d'un sourire, car il lui semblait que son beau-père avait perçu son désarroi.

Lorsque le champagne fut servi, Amanda leva son verre et s'écria :

— Buvons à… Mais j'y pense ! Je ne connais pas le prénom de mon petit-fils !

— Il s'appelle Michael, dit Laura.

A sa grande surprise, une expression de douleur assombrit le regard de sa belle-mère. Elle ferma les yeux et, quand elle les rouvrit, ils étaient voilés de larmes.

— A Michael, murmura-t-elle.

Puis elle but une gorgée de champagne, déposa un baiser sur le front du bébé, et son visage était de nouveau serein lorsqu'elle déclara à Gabe :

— Il y a quelque chose pour Michael dans la voiture. Tu peux aller le chercher ?

— Bien sûr... Je reviens tout de suite, Laura !

— Rassure-toi, on ne va pas la manger ! grommela Amanda pendant que Gabe se dirigeait vers la porte.

Son mari se mit à rire, lui caressa affectueusement les cheveux, puis il se tourna vers Laura et lui demanda :

— Vous étiez déjà venue à San Francisco ?

— Non, c'est la première fois. Ecoutez, j'aimerais vous garder à dîner, mais je ne sais pas ce qu'il y a comme provisions dans la maison.

Ni même où est la cuisine..., ajouta intérieurement la jeune femme.

— Ne vous inquiétez pas ! Nous ne méritons aucune faveur, après nous être ainsi imposés chez vous le jour de votre arrivée... Oh ! le bébé m'a souri !

— Il t'a fait une grimace, tu veux dire... papi ! s'écria Amanda avant d'embrasser son mari sur la joue dans un grand éclat de rire.

— J'imagine que le berceau est pour Michael, et les fleurs pour moi ?

Gabe venait de regagner le salon, portant un berceau visiblement ancien, dans lequel un gros bouquet de roses surmontait une pile de draps bordés de dentelle.

— Ah, oui, les fleurs ! s'exclama sa mère. Je les avais complètement oubliées... Et elles ne sont évidemment pas pour toi, mais pour ta femme. Il faut les mettre dans un vase... Non, Laura, ne bougez pas ! Je m'en charge.

Posant d'autorité le bébé dans les bras de son mari, elle se leva et quitta la pièce avec les roses.

— Ce berceau est ravissant, observa Laura. Je comptais justement aller acheter un lit d'enfant, mais je n'aurais rien trouvé d'aussi joli.

— Je t'en ai empêchée parce que je savais que mes parents nous apporteraient celui-là, expliqua Gabe. C'est mon arrière-grand-père qui l'a fabriqué, et tous les petits Bradley ont dormi dedans.

Ces mots ravivèrent les scrupules qui torturaient la jeune femme depuis un moment. Voyant l'attention de son beau-père accaparée par le bébé, elle alla rejoindre Gabe et lui murmura :

— Nous devons dire la vérité à tes parents. Ils croient que Michael est vraiment leur petit-fils, et… et…

— Et quoi ?

— Ils ont le droit de savoir que…

— Si Michael est mon fils, il est leur petit-fils, non ?

— Oui, mais…

— Alors où est le problème ? la coupa Gabe d'une voix dure, vibrante de colère.

— C'est juste une question d'honnêteté. Je t'en prie, dis-leur la vérité !

— C'est déjà fait.

Laura en resta sans voix. Le retour de sa belle-mère dans la pièce, quelques secondes plus tard, lui apparut d'abord comme une heureuse diversion, mais elle changea d'avis quand Amanda, après avoir posé le vase de roses sur une table, déclara :

— J'aimerais avoir une petite conversation en tête à tête avec Laura, alors si vous nous laissiez un moment, messieurs ? Vous pourriez par exemple monter le berceau dans la chambre et coucher Michael. Il commence à s'endormir.

Une fois les hommes partis, elle s'assit sur le canapé et, d'un geste vague de la main, désigna un siège à Laura, qui alla s'y installer sans un mot.

— Je vous trouve bien docile, remarqua-t-elle. Je vous préférais tout à l'heure, quand vous me provoquiez du regard.

— Je… je ne sais pas quoi dire. J'ignorais que Gabe vous avait expliqué la situation. Rien dans la façon dont vous vous êtes comportés, votre mari et vous, ne me permettait de deviner que… Bref, je croyais que vous preniez Michael pour le fils biologique de Gabe.

— Et cela aurait dû changer quelque chose ?

— Je pensais que les familles comme la vôtre attachaient beaucoup d'importance aux liens du sang.

— A cause des Eagleton ?

La seule mention de ce nom fit pâlir Laura. Pourtant, si Amanda avait manqué de tact, il n'y avait pas une once de méchanceté en elle.

— Nous parlerons des Eagleton un autre jour, enchaîna-t-elle. Pour l'instant, ce sont nos futures relations qui m'intéressent, et je dois vous prévenir : je n'ai pas un caractère facile. J'admets en revanche la contradiction, et je reconnais aux gens le droit de me remettre à ma place quand je vais trop loin. Nous serons amies ou nous ne le serons pas, il est encore trop tôt pour le savoir, mais en attendant, j'ai une dette envers vous.

— Une dette ?

— Oui. Gabe est ce que j'ai de plus cher au monde,

et son départ, à l'automne dernier, m'a brisé le cœur. Vous me l'avez ramené, et je vous en suis reconnaissante.

— Il aurait de toute façon fini par revenir.

— Sans doute, mais quand, et dans quel état ? Mais laissons cela… J'ai une question à vous poser. Gabe se considère comme le père de Michael. Lui en accordez-vous le droit ?

— Oui.

— Je constate avec plaisir que vous avez répondu sans hésitation, mais si vous êtes tous les deux d'accord là-dessus, pourquoi mon mari et moi serions-nous d'un avis différent ? Imaginons que Gabe ne puisse pas avoir d'enfants et qu'il en ait adopté un… Je l'aimerais autant que si le même sang coulait dans nos veines, et la situation de Michael est tout à fait comparable, alors cessez de vous tracasser pour des choses qui n'en valent pas la peine !

Amanda prit la coupe de champagne qu'elle avait abandonnée sur la table basse et en but une gorgée avant d'ajouter :

— Cela vous ennuie que Cliff et moi soyons les grands-parents de Michael ?

— Je ne vous connais pas encore assez pour le savoir.

— Au moins, vous êtes franche !

— Et vous, cela vous ennuie que je sois la femme de Gabe ?

— Je ne vous connais pas encore assez pour le savoir, répliqua Amanda avec l'ombre d'un sourire, et seul l'avenir nous dira si nous sommes faites pour nous entendre. J'ose cependant espérer que vous ne m'empêcherez de voir ni mon fils ni mon petit-fils dans l'intervalle.

— Bien sûr que non ! Gabe en serait très peiné, et mon plus cher désir est de le rendre heureux.

— Vous l'aimez ?

Laura rougit, s'agita nerveusement sur son siège et répondit d'une voix mal assurée :

— Gabe et moi n'avons pas parlé de... ça. J'avais besoin d'aide, et lui de se sentir utile.

— Ce n'est pas cela que je vous ai demandé !

— Désolée, mais cette question ne concerne que Gabe et moi.

— Vous n'avez pas à vous excuser : j'ai été indiscrète, et vous avez eu raison de m'envoyer promener. Je ne sais pas si nous allons finir par nous adorer ou par nous détester, mais dans un cas comme dans l'autre, vous êtes la femme de Gabe, la mère de Michael, et vous faites partie de la famille... Ce qui ne vous ravit pas, si j'en juge par votre expression !

— Les différentes familles où j'ai vécu ne m'ont pas laissé que de bons souvenirs.

— Oui, vous n'avez pas eu une vie facile, d'après ce que Gabe m'a raconté.

Il y avait de la compassion dans la voix d'Amanda, mais pas cette pitié que Laura trouvait moins réconfortante qu'humiliante.

— Je peux vous poser une question, madame Bradley ?

— A condition que vous m'appeliez Amanda, ou Mandy, ou n'importe quoi, sauf « mère » ou « belle-maman ».

— Entendu… Pourquoi Gabe a-t-il prénommé le bébé Michael ?

Une ombre passa dans le regard d'Amanda, une tristesse si poignante que le cœur de Laura se serra.

— C'était le prénom de son frère cadet, mort il y a un peu plus d'un an, répondit-elle. Je vais vous laisser vous installer, à présent. Je vous ai déjà assez dérangée.

Les deux femmes se levèrent, et Laura, après un instant d'hésitation, embrassa sa belle-mère sur la joue.

— Merci d'être venue, murmura-t-elle. Et merci pour le berceau. Je suis heureuse que Michael perpétue la tradition familiale.

— Moi aussi.

Une fois dans le vestibule, Amanda retrouva toute sa vivacité. Elle alla se poster au pied de l'escalier et cria :

— Tu viens, Clifton ? Tu m'avais interdit de rester plus d'une demi-heure, et maintenant, c'est moi qui dois t'attendre pour partir !

Son mari et son fils apparurent sur le palier et, tandis qu'ils descendaient les marches, elle déclara à Laura :

— Téléphonez-moi si vous avez besoin de quoi que ce soit. Et j'espère que vous ne m'en voudrez pas si je dévalise les magasins de jouets et de vêtements d'enfant…

— Je ne…

— J'ai compris : vous m'en voudrez. Eh bien, tant pis ! J'essaierai de trouver quelque chose pour me faire pardonner, mais rien ne m'empêchera de gâter mon petit-fils !

Quand son beau-père s'approcha d'elle pour lui dire au revoir, la jeune femme s'attendait à une simple formule de politesse, mais il la serra dans ses bras avec une chaleur qui lui alla droit au cœur. L'envie la prit de poser la tête sur son épaule pour prolonger ce doux moment, mais elle n'osa pas.

Gabe raccompagna son père et sa mère jusqu'à leur voiture, et, en rentrant dans la maison, il vit que Laura n'avait pas bougé du vestibule.

— Tes parents sont très gentils, observa-t-elle.

— Tu ne m'apprends rien ! répliqua-t-il d'un ton brusque.

— Je te dois des excuses.

— En effet ! Tu pensais vraiment que je serais obligé de leur mentir pour qu'ils acceptent Michael ?

— Oui, mais je suis contente de m'être trompée. Ta mère est une femme sensible, sous ses dehors autoritaires, et ton père…

— Quoi, mon père ?

« Il m'a serrée dans ses bras », faillit répondre Laura, mais comme Gabe n'aurait sûrement pas compris l'émotion que cela lui avait causée, elle se contenta de dire :

— Il te ressemble énormément. Je tâcherai de ne pas les décevoir, et toi non plus.

— Arrête de te comporter comme si tu étais une employée que j'aurais engagée à l'essai ! Nous sommes mariés, tu es ici chez toi et, que cela te plaise ou non, tu fais désormais partie de la famille Bradley !

— Il va falloir que tu me laisses le temps de m'y habituer, mais puisque je suis ici chez moi, j'ai le droit de prendre certaines décisions sans te consulter au préalable, n'est-ce pas ? Alors je t'annonce la première de ces décisions : je repeindrai moi-même la chambre de Michael.

Sur ces mots, Laura tourna les talons et se dirigea vers l'escalier sous le regard d'un Gabe muet de stupeur.

7

Agenouillée sur un vieux drap destiné à protéger le plancher, Laura était en train de passer de la peinture laquée blanche sur une plinthe. Elle ne savait pas ce qui lui faisait le plus plaisir : la vitesse à laquelle les travaux de la nurserie avançaient, ou le fait de pouvoir de nouveau se baisser, se relever ou se pencher en avant avec une parfaite aisance. Les jupes et les pantalons qu'elle mettait au tout début de sa grossesse la serraient encore un peu à la taille, mais elle était sûre de perdre rapidement ce petit excédent de poids.

Pour le reste, elle était moins optimiste : Gabe lui en voulait toujours d'avoir douté de ses parents, et elle avait eu tort, en effet, mais elle s'était excusée, alors pourquoi continuait-il de la battre froid ?

La distance qui les séparait maintenant n'aurait pas été possible dans le chalet du Colorado, songea tristement la jeune femme. Là-bas, l'exiguïté de l'espace et l'isolement les obligeaient à partager, à se rapprocher, à compter l'un sur l'autre. Là-bas, elle avait l'impression d'être l'égale de Gabe et de lui être utile — ne serait-ce qu'en lui servant une tasse de café au bon moment. Dans cette grande demeure, en revanche, ils pouvaient passer des heures sans même se croiser, et sans que Laura ait jamais l'impression que Gabe avait besoin d'elle.

L'essentiel du problème ne venait cependant pas de là, mais de la façon différente dont ils vivaient leur installation dans la maison de San Francisco. Laura y éprouvait le même malaise que la petite fille d'autrefois ballottée d'une famille d'accueil à une autre, celle dont personne ne voulait vraiment et qui ne se sentait nulle part à sa place.

Gabe, lui… La jeune femme eut un petit rire désabusé. Là comme ailleurs, il était Gabriel Bradley, un homme qui avait toujours su où était sa place et serait toujours sûr de la conserver.

C'était ce sentiment d'appartenance et de sécurité que Laura souhaitait offrir à Michael. L'argent, le nom, le statut social… Rien de tout cela n'avait d'importance. Et, pour son fils, elle était décidée à s'adapter à son nouveau mode de vie, et même à supporter sans se plaindre la froideur de son mari.

Leur fils constituait à présent leur seul lien véritable. Gabe l'aimait autant qu'elle, car ce n'était ni par pitié ni par devoir qu'il venait plusieurs fois par jour se pencher sur son berceau, ou se levait la nuit pour calmer ses pleurs. Avec Michael, il se montrait doux, tendre, attentif, mais dès que Laura et lui se retrouvaient en tête à tête, son visage se fermait et une tension palpable s'installait entre eux.

Grâce à lui, elle était pourtant à l'abri du besoin, et Michael avait un père aimant et dévoué. N'était-ce pas suffisant ? Avait-elle vraiment le droit d'en demander plus ? Le jour viendrait où leurs rapports se modifieraient, car Gabe n'accepterait pas éternellement de partager son lit avec elle sans la toucher, mais cela ne changerait rien à ses sentiments. Les hommes n'avaient aucun mal à dissocier l'amour et le désir, elle en avait fait l'amère expérience…

Ce qui aurait dû être la fusion de deux cœurs ne serait donc pour lui que l'assouvissement d'un besoin physique, et pour elle le début d'un nouveau cycle de soumission, parce qu'elle aimait trop Gabe pour le repousser le moment venu.

Immobile sur le seuil de la nurserie, Gabe observait Laura, et il voyait à la crispation de ses traits que de sombres pensées l'agitaient. Plus le temps passait, plus elle était tendue et malheureuse. Elle jouait bien la comédie, mais il n'était pas dupe.

Et cela l'irritait profondément. Il s'efforçait de ne pas le montrer, mais cette colère rentrée enflait de jour en jour. Depuis le soir de leur arrivée à San Francisco, pas une fois il n'avait élevé la voix, et pourtant Laura semblait toujours s'attendre à une explosion de fureur.

Ne comprenait-elle donc pas ce que lui coûtait le fait de coucher près d'elle sans pouvoir la toucher ? Pour résister à la tentation, il devait parfois se lever au milieu de la nuit et aller s'enfermer dans son atelier pour tenter de calmer la fièvre de ses sens en travaillant.

Aussi égoïste soit-il, il se refusait en effet à consommer leur mariage alors qu'elle était encore si fragile physiquement et affectivement. Il ne voulait ni la brusquer ni l'effrayer, même s'il sentait en elle une passion qu'un rien suffirait à déchaîner.

Alors il avait résolu d'être patient. Ou, du moins, aussi patient que la violence de son désir le lui permettrait, car, en ce moment même, il brûlait d'aller la rejoindre, de la prendre dans ses bras, de l'embrasser… Peut-être aurait-il pu se dominer, et se contenter de lui parler doucement, pour la rassurer, mais que lui dire ? Comme il n'en avait pas la moindre idée, ce fut sans bouger, et d'une voix contrainte, qu'il s'exclama :

— Tu as presque fini !

Laura sursauta et fit tomber quelques gouttes de peinture sur le drap.

— Je ne t'avais pas entendu arriver ! s'écria-t-elle en s'asseyant sur ses talons.

— Ne t'occupe pas de moi, continue ! Mais… je me trompe, ou c'est un de mes jeans que tu portes ?

— Je te l'ai emprunté parce qu'il y avait déjà des taches de peinture dessus.

Amusé de voir qu'elle avait utilisé une ficelle pour empêcher le pantalon de lui tomber sur les chevilles, Gabe se décida finalement à entrer dans la pièce.

— Et tu m'as aussi volé une des chemises dont je me sers pour travailler ! remarqua-t-il. Confondrais-tu peinture et… peinture ?

Sur le point de s'excuser, la jeune femme comprit soudain qu'il plaisantait, et elle sourit, infiniment soulagée. Gabe ne semblait plus en colère contre elle ; peut-être même allaient-ils pouvoir revenir à des relations amicales.

— Je pensais que tes vêtements me donneraient de l'inspiration, déclara-t-elle.

— Tu veux que je t'aide à terminer ?

— Jamais je n'oserais demander au grand Gabriel Bradley de s'abaisser à peindre une vulgaire plinthe ! Sans compter que ton costume de lin risquerait d'en souffrir… Tu rentres de la galerie, pour t'être fait aussi beau ?

— Moi, beau ?

— Oui. Tu ne ressembles plus du tout au montagnard mal rasé, en pantalon de velours et chemise de flanelle que j'ai connu dans le Colorado — même si cet homme-là avait un charme certain, lui aussi.

— Arrête de dire des bêtises, et donne-moi ton pinceau ! s'exclama Gabe en riant.

Il alla s'agenouiller à côté de Laura et tenta de s'emparer de l'instrument, mais elle protesta :

— Non, tu vas te salir !

— M'accuserais-tu de ne pas être soigneux ?

— Seulement quand tu peins.

— C'est l'hôpital qui se moque de la charité… Regarde !

Tout en parlant, Gabe avait posé l'index sur la joue de Laura, et il lui montrait maintenant la goutte de peinture blanche qu'il y avait recueillie.

— Oui, mais moi, je ne prétends pas être une artiste, répliqua la jeune femme.

Le contact du doigt de Gabe sur sa peau l'avait fait frissonner, et son trouble augmenta lorsque, sans réfléchir, elle lui prit le poignet pour enlever la tache avec un chiffon : il avait de si belles mains, longues et fines, à la fois robustes et délicates... Elle les imaginait en train de se promener sur son corps, lentement, tendrement, comme celles d'un homme qui la considérerait comme une femme digne d'amour et de respect, et non comme un simple objet sexuel.

A sa grande surprise, elle sentit le pouls de Gabe s'accélérer sous ses doigts. Elle leva les yeux vers lui et s'aperçut, alors, qu'il la fixait intensément, avec dans le regard ce qu'il ne lui permettait plus d'y voir depuis des jours : le feu dévorant du désir. Comme hypnotisée, elle rapprocha son visage du sien, jusqu'à ce que leurs lèvres se touchent...

Et le bébé se mit à pleurer.

Ils tressaillirent violemment tous les deux, tels des enfants pris en faute.

— Il doit avoir faim, dit Laura en se redressant.

— Quand tu te seras occupée de lui, reviens ici, déclara Gabe d'une voix rauque. Je t'y attendrai.

Tiraillée entre l'envie et la peur de reprendre alors les choses là où ils les avaient laissées, la jeune femme se borna à acquiescer de la tête.

Après avoir nourri et changé Michael, Laura alla se laver la figure et les mains dans la salle de bains. Le miroir mural lui renvoya l'image d'une femme vêtue d'habits trop larges pour elle et aux cheveux tirés en arrière qui n'avait rien de bien attirant. Et pourtant Gabe l'avait trouvée désirable, tout à l'heure, dans la nurserie... Si les pleurs de leur fils ne les avaient interrompus, peut-être leur baiser les aurait-il entraînés beaucoup plus loin...

Etait-ce ce qu'elle voulait ?

Les pensées les plus contradictoires s'entrechoquaient dans son esprit. Elle ferma les yeux et tenta d'en démêler l'écheveau, mais sans grand succès. L'idée d'appartenir à Gabe lui apparaissait comme l'ultime accomplissement de son amour pour lui, mais les douloureux souvenirs qu'elle gardait de son mariage avec Tony lui faisaient aussi redouter ce moment.

Ses discussions avec des psychologues et des femmes qui avaient vécu le même genre d'expérience lui avaient appris que c'était une réaction normale. Ses déplacements incessants ne lui avaient pas permis de rester longtemps dans un groupe de soutien donné, mais le seul fait d'écouter le récit d'histoires analogues à la sienne l'avait aidée à comprendre le processus qui amenait trop souvent les victimes de violences conjugales à accepter leur sort. Et le témoignage de celles qui avaient réagi et ensuite réussi à se reconstruire lui avait donné l'espoir d'être un jour délivrée, elle aussi, du poids du passé.

Il lui fallait pour cela prendre le risque de faire de nouveau entièrement confiance à un homme, et c'était un pas qu'elle hésitait encore à franchir. Le mieux consistait sans doute à procéder par étapes, en essayant d'abord de renouer avec Gabe les relations de tendre complicité qu'ils avaient au chalet...

Forte de cette décision, Laura quitta la salle de bains et se rendit dans la nurserie. Elle eut la surprise de voir que les peintures étaient terminées, les pots refermés, les pinceaux nettoyés, et que Gabe était en train de replier le drap de protection.

— Tu as fini ! s'écria-t-elle.

— Oui, et j'y suis arrivé sans gâcher le travail, comme tu peux le constater.

— C'est superbe ! Exactement comme je l'imaginais... Je mettrai des rideaux blancs, un rocking-chair entre les deux fenêtres, et le berceau... Où sera-t-il le mieux, à ton avis ?

— Nous avons tout le temps d'y réfléchir : Michael ne doit pas coucher dans cette chambre avant que l'odeur de peinture soit partie. Et pendant que j'y pense, j'ai quelque chose pour toi : un cadeau de fête des Mères un peu tardif.

— Mais tu m'as déjà offert des fleurs à cette occasion !

— Faute de pouvoir faire mieux : nous passions alors toutes nos journées à l'hôpital, dit Gabe en sortant un petit écrin de sa poche. Je t'ai d'ailleurs donné ces fleurs de la part de Michael. Ceci est le témoignage de reconnaissance d'un mari et d'un père bien placé pour savoir ce que la maternité coûte de souffrances à une femme.

— Je suis touchée, mais ce n'était pas nécessaire.

— Il va falloir que tu apprennes à recevoir des cadeaux avec plus de simplicité ! s'exclama Gabe d'un ton impatient.

Il avait raison, songea Laura, mais le passé était de nouveau venu empiéter sur le présent : Tony l'avait couverte de cadeaux, dont la valeur était inversement proportionnelle à l'intérêt qu'il lui portait. Cette comparaison était cependant injuste pour Gabe : ses paroles prouvaient que sa générosité à lui reflétait un mouvement du cœur.

— Merci, déclara la jeune femme avant de prendre l'écrin et de l'ouvrir.

La vue du bijou qu'il contenait la laissa sans voix. C'était un anneau d'or entièrement serti de diamants qui brillaient de mille feux dans la pièce inondée de lumière. Laura fut presque étonnée, en les caressant du bout de l'index, de les trouver froids sous son doigt.

— Cette bague est magnifique ! s'écria-t-elle. Absolument magnifique, mais… c'est une alliance, et j'en ai déjà une.

— Celle-ci remplacera avantageusement l'anneau de rideau que j'ai acheté à Lonesome Ridge.

— J'y tiens pourtant beaucoup.

— Je ne te croyais pas si sentimentale, mais tu peux porter les deux, si tu veux.

La voix de Gabe s'était radoucie, et quand il lui passa le bijou au doigt, la force symbolique de ce geste éveilla en elle la même émotion que le jour de leur mariage, au chalet. Gabe l'attira ensuite dans ses bras et lui effleura juste la bouche d'un baiser, mais elle sentit l'effort qu'il devait fournir pour empêcher son désir de s'exprimer plus librement.

Alors, pour lui dire tout à la fois qu'elle comprenait et acceptait ce désir, elle lui posa la main sur la joue et entrouvrit les lèvres.

Il n'en fallut pas plus pour attiser l'incendie que Gabe avait eu tant de mal à maîtriser. Il serra plus fort la jeune femme dans ses bras et prit avidement possession de la bouche qui s'offrait à lui. Laura poussa un gémissement qu'il entendit à peine, fut secouée d'un frisson qu'il perçut à peine... Sa fièvre le rendait insensible à tout ce qui n'était pas la satisfaction d'une passion trop longtemps réprimée.

Quand les lèvres de Gabe quittèrent les siennes pour tracer un sillon brûlant le long de son cou, Laura ne put réprimer un nouveau gémissement de plaisir. Et quand il glissa la main sous sa chemise et referma les doigts sur un sein à la pointe durcie, elle se cambra, comme électrisée. A la violence des sensations qui la parcouraient, elle mesurait celle de l'envie qu'elle éprouvait depuis des semaines d'appartenir à Gabe. Ses doutes, ses appréhensions, ses douloureux souvenirs s'effaçaient quand il la tenait ainsi dans ses bras. Le passé n'existait plus ; seuls comptaient le moment présent et la promesse de bonheur qu'il contenait.

Le corps de Laura, frémissant sous ses caresses, disait à Gabe qu'elle était prête à se donner à lui. Dans cette chambre vide où le silence n'était rompu que par le souffle de leur respiration, rauque et entrecoupée sous l'effet d'une excitation grandissante, il brûlait d'allonger Laura sur le sol et de lui faire l'amour jusqu'à ce qu'ils soient tous les deux épuisés et repus.

Avec une autre femme, il aurait sans doute cédé à la tentation, sans se soucier de l'heure ni de l'endroit, et guère plus de la manière. Mais pas avec Laura, et il s'en voulait même d'avoir laissé les choses aller aussi loin.

Alors, pendant qu'il en avait encore la force, il s'écarta d'elle et annonça :

— Il faut que je te quitte, maintenant. J'ai du travail.

Ces mots ramenèrent brusquement la jeune femme à une réalité dont l'ivresse des sens lui avait fait tout oublier.

— P... pardon ? bredouilla-t-elle.

— J'ai du travail. Je serai dans mon atelier, si tu as besoin de moi.

Comment pouvait-il dire cela ? songea Laura, pétrifiée, tandis que les pas de Gabe s'éloignaient dans le couloir. Ne venait-elle pas de lui montrer à quel point elle avait besoin de lui ? Etait-il possible qu'il ne l'ait pas senti, qu'il ne l'ait pas compris ?

Une bouffée de colère l'envahit, et elle serra les poings. Pourquoi les hommes la considéraient-ils toujours comme un objet, qu'ils pouvaient prendre ou rejeter selon leur bon plaisir ? Leur semblait-elle donc si faible, si malléable ? Elle l'avait été, mais la jeune fille qui croyait aux contes de fées était maintenant une femme, une mère capable d'assumer ses responsabilités et dotée d'une volonté autonome.

Son amour pour Gabe était peut-être aussi déraisonnable que sa brève flambée de passion pour Tony, mais, cette fois, elle ne se laisserait pas manœuvrer comme un pion sur un échiquier. Enfant, elle n'avait eu d'autre choix que de se soumettre aux diktats des adultes, et il lui en était ensuite resté une certaine tendance à la passivité. Mais l'obligation de protéger son enfant l'avait finalement poussée à l'action, et cela signifiait qu'elle avait toujours eu en elle la force de se rebeller, sinon où l'aurait-elle trouvée ?

Le moment était venu d'y faire de nouveau appel, pensa Laura. Aimer Gabe ne voulait pas dire accepter en silence ses humeurs et ses caprices.

Décidée à aller lui parler, elle quitta la nurserie, mais à chaque pas qui la rapprochait de l'atelier, sa résolution chancelait et elle devait la raffermir. Arrivée devant la porte, elle faillit battre en retraite, mais elle respira à fond, tourna la poignée et entra.

Gabe se tenait devant la rangée de fenêtres qui occupait tout un côté de la pièce. Un pinceau à la main, il appliquait de petites touches de couleur sur l'une des toiles inachevées qu'il avait rapportées du chalet. Sa tâche l'absorbait au point qu'il n'avait visiblement pas entendu la porte s'ouvrir.

La jeune femme rassembla son courage et déclara :

— Gabe ?

Il abaissa immédiatement son bras et tourna vers elle un visage où se lisait une vive contrariété.

— Oui ? grommela-t-il.

Laura savait qu'il détestait être dérangé dans son travail, mais ne lui avait-il pas donné la permission, quelques instants plus tôt, de venir le trouver si elle avait besoin de lui ?

Irritée par cette contradiction, ce fut d'un ton sec qu'elle annonça :

— Il faut que je te parle.

— Ça ne peut pas attendre ?

— Non.

— Bon, d'accord, mais sois brève ! J'ai prévu de terminer ce tableau aujourd'hui.

— Très bien, je vais faire court. Si tu veux que je sois ta femme, commence par me traiter comme telle.

— Je te demande pardon ?

Sa colère n'empêcha pas Laura de voir que Gabe était surpris, mais elle la poussa à répliquer sur un ton encore plus sec qu'avant :

— Tu ne devrais pas utiliser des expressions dont tu ne connais pas le sens. Tu n'as jamais demandé pardon à personne, parce que tu t'estimes libre d'agir comme bon te semble. Tu peux être l'homme le plus gentil ou le plus arrogant de la Terre selon ton humeur du moment. Dans le premier cas, tu refuses aux gens la satisfaction de te remercier, et dans le second, tu ne te sens nullement obligé de leur présenter des excuses.

— Où veux-tu en venir ?

— A ceci : que suis-je pour toi ? Tu prétends me désirer, et ensuite tu m'ignores... Tu m'embrasses, et ensuite tu t'en vas... Je sais que Michael est la principale raison de notre mariage, mais j'existe en dehors de lui, alors quelle place comptes-tu me donner dans ta vie ? Celle d'une simple figurante, ou celle de ta femme au vrai sens du terme ?

Avec des gestes volontairement lents, comme pour se prouver à lui-même qu'il était capable de se maîtriser, Gabe posa son pinceau et s'essuya les mains sur le chiffon suspendu au cadre du chevalet.

— Tu es ma femme, répondit-il, et je ne t'ignore pas. J'ai beaucoup de travail en ce moment, c'est tout.

— Tu ne travailles pas vingt-quatre heures sur

vingt-quatre ! Si je t'intéressais réellement, tu trouverais le temps de… de faire l'amour avec moi.

Cette accusation était si injuste que Gabe se félicita de ne plus avoir son pinceau à la main ; dans sa colère, il l'aurait cassé en deux.

— Qu'attends-tu de moi exactement ? demanda-t-il d'une voix dure. Que je sois à ton entière disposition ?

Le rouge de la honte empourpra les joues de Laura. Cette exigence lui avait été imposée, autrefois, et elle se méprisait d'avoir eu, ne serait-ce qu'un instant, le même genre d'attitude envers son mari.

— Non, ce n'est pas ce que je voulais dire, déclara-t-elle, mais comme cette discussion ne nous mènera visiblement à rien, il est inutile de la poursuivre. Je te laisse !

— Non, reste ! s'exclama Gabe, en proie à un brusque remords. Je reconnais que cette histoire de travail était un simple prétexte, et je vais te donner la véritable raison de…

— Ce n'est pas nécessaire ! coupa la jeune femme en se dirigeant vers la porte.

Furieux, Gabe la saisit par le bras et la força à se retourner. L'expression de terreur qu'il lut alors sur ses traits aurait dû le convaincre de la lâcher, mais elle aviva sa colère, et il gronda :

— Ne me regarde pas comme ça !

Sans en avoir conscience, il avait resserré son étreinte sur le bras de Laura. Il ne s'en aperçut qu'en la voyant esquisser une grimace de douleur, et il retira aussitôt sa main.

— Ecoute, reprit-il, j'ai mauvais caractère, je

l'admets, mais je ne peux pas changer pour toi. Il m'arrive de hausser le ton, mais je te l'ai déjà dit et je te le répète : jamais je n'ai frappé ni ne frapperai une femme.

— Je le sais, mais je ne peux pas changer pour toi, moi non plus, et si j'ai encore parfois une réaction instinctive de peur devant un geste ou une parole trop brusques, je ne laisserai plus aucun homme faire de moi sa chose. J'ai une dette envers toi, mais cela ne te donne pas tous les droits, alors si tu veux que notre mariage marche, tu vas devoir cesser de me considérer comme ta bonne action de l'année et commencer de voir en moi une personne.

Entendant soudain le bébé pleurer, Laura déclara aussitôt :

— J'y vais !

— Non, comme il ne peut pas avoir de nouveau faim, c'est moi qui irai, mais pas avant de t'avoir donné l'explication que tu as refusé d'entendre tout à l'heure : si je n'ai pas encore fait l'amour avec toi, ce n'est pas faute d'en avoir envie, mais parce qu'il est trop tôt.

— Trop tôt ?

— Oui. Pour toi.

D'abord déconcertée, Laura finit par comprendre le sens de cette précision, et elle objecta :

— Mais Michael a presque un mois !

— Tu n'as pas besoin de me le rappeler. J'étais là quand il est né, et c'est précisément la raison de ma conduite. Je sais ce que tu as enduré sur le plan physique, et, quoi qu'il m'en coûte, je ne changerai rien à nos relations tant que tu ne seras pas complètement rétablie.

— J'ai eu un bébé, pas une maladie grave, et je me sens parfaitement bien !

— Peut-être, mais d'après les ouvrages que j'ai lus…

— Il ne faut pas croire tout ce que racontent les livres.

A la fois soulagée, amusée et touchée, Laura sourit, mais Gabe dut penser qu'elle se moquait de lui, car il déclara d'un ton sec :

— Tu peux dire ce que tu veux, je ne te toucherai pas avant d'être sûr que tu t'es remise de l'accouchement.

— Puisque ma parole ne te suffit pas, je dois te présenter un certificat médical pour t'en persuader ?

— Et pourquoi pas ? Je vais voir Michael, à présent…

Laura sortit de l'atelier avec Gabe et le suivit ensuite des yeux jusqu'à ce qu'il disparût dans la chambre.

Jamais elle n'avait été aussi heureuse d'avoir commis une erreur de jugement : Gabe n'avait pas péché par indifférence ; il avait au contraire agi dans ce qu'il croyait être son intérêt à elle, faisant ainsi preuve d'une abnégation dont elle ne pensait aucun homme capable.

8

— Il grossit à vue d'œil ! s'écria Amanda, assise dans le rocking-chair de la nurserie avec son petit-fils dans les bras.

— Oui, il a maintenant le poids normal d'un enfant de son âge né à terme, indiqua Laura. Je l'ai emmené ce matin chez la pédiatre que vous m'aviez recommandée, et elle l'a trouvé en parfaite santé.

— Tant mieux, mais je n'ai pas besoin d'un médecin pour le savoir : il me suffit de le regarder… Je crois qu'il aura vos yeux.

La jeune femme s'arrêta de plier les vêtements qu'elle venait de sortir du sèche-linge, et alla se pencher sur Michael.

— Il est encore un peu tôt pour le dire, mais j'espère que vous avez raison, observa-t-elle.

— Evidemment que j'ai raison ! Et vous, Laura, vous avez passé une visite médicale de contrôle ?

— Oui, et tout va bien.

Songeant au document qu'elle avait rangé dans un tiroir de sa commode, Laura sourit intérieurement, et elle tressaillit quand sa belle-mère remarqua d'un ton réprobateur :

— Je trouve, moi, que vous avez l'air fatiguée. Pourquoi n'engagez-vous pas une domestique ?

— C'est inutile.

— Vous avez tort ! Avec une maison de cette taille, un bébé qui ne fait pas encore ses nuits et un mari qui ne vous aide sûrement pas beaucoup, vous devriez au moins prendre une femme de ménage, mais ce ne sont pas mes affaires, après tout !

Michael se mit à gazouiller, et Amanda reporta aussitôt son attention sur lui.

— Oui, mon trésor..., murmura-t-elle. Tu as des choses à dire, et tu veux qu'on t'écoute... Mais comme j'ai l'impression que tu es mouillé, ta maman va te changer, et je la laisserai ensuite décider si tu dois dormir ou si je peux te reprendre.

Puis elle tendit le bébé à Laura et chercha un autre angle d'attaque. Habituée à exprimer franchement ses opinions, et même à les imposer si nécessaire, elle s'irritait d'être pour une fois obligée de se contenir. Ce qu'elle avait appris sur les Eagleton au cours des semaines précédentes lui interdisait cependant de brusquer sa belle-fille.

— Gabe passe beaucoup de temps à la galerie, n'est-ce pas ? observa-t-elle d'un ton faussement dégagé.

— Oui, répondit Laura en posant Michael sur la table à langer, et j'espère qu'il finira par accepter l'idée d'une nouvelle exposition.

— Vous y êtes allée ?

— A la galerie ? Non, pas encore.

— Le travail de Gabe ne vous intéresse pas ?

— Bien sûr que si, mais il faudrait que j'emmène Michael, et j'ai peur que sa présence ne distraie son père.

Amanda faillit souligner que Michael avait des grands-parents qui auraient été ravis de l'avoir pour eux tout seuls pendant quelques heures, mais elle déclara à la place :

— Je ne pense pas que Gabe y verrait d'inconvénient ; au contraire, il adore son fils.

— Oui, mais il se trouve aussi à un moment important de sa carrière… Vous connaissez le motif de ses hésitations, au sujet de l'exposition ?

— Vous le lui avez demandé ?

— Non, je ne veux exercer aucune pression sur lui.

— Sans le harceler, vous pourriez lui en parler. C'est peut-être l'aiguillon dont il a besoin pour se décider.

— Pourquoi dites-vous cela ?

— Je préfère laisser Gabe vous raconter toute l'histoire, mais son frère Michael est au cœur du problème.

— Ils étaient très proches ?

— Oui, malgré des caractères complètement différents. La mort de Michael a porté à Gabe un coup qui lui a fait perdre à la fois l'envie de peindre et l'amour de la vie. Son séjour dans les Rocheuses lui a rendu la première ; vous et le bébé, le second.

— Si j'ai vraiment joué un rôle dans sa guérison, j'en suis ravie, car j'ai envers lui une dette dont il ne me sera jamais possible de m'acquitter entièrement.

— Une femme ne devrait pas se sentir la débitrice de son mari.

— Peut-être que non.

— Vous êtes heureuse ?

Laura ne répondit pas tout de suite. Elle coucha Michael dans son berceau et attendit d'avoir remonté le mobile musical suspendu au montant pour déclarer :

— Bien sûr. Pourquoi ne le serais-je pas ?

— C'était ma question suivante.

— Elle n'a pas lieu d'être. Votre visite m'a fait plaisir, Amanda, mais je sais que vous avez un emploi du temps chargé, alors…

— Vous croyez vraiment que je vous laisserai me mettre à la porte avant que j'aie décidé, moi, de partir ?

De nouveau occupée à plier les vêtements du bébé, Laura jeta un coup d'œil à sa belle-mère et vit un sourire amusé flotter sur ses lèvres, mais elle n'en regretta pas moins une impolitesse qui ne lui ressemblait pas.

— Ma remarque était déplacée, avoua-t-elle en rougissant. Je suis désolée.

— Ne vous excusez pas ! Il est normal que vous n'ayez pas envie de passer des journées entières avec moi. Nous ne nous connaissons pas assez pour être totalement à l'aise l'une avec l'autre, mais j'ai encore des choses à vous dire, et je ne m'en irai pas sans vous les avoir dites.

Le regard méfiant que lui lança sa belle-fille ne suffit pas à entamer la détermination d'Amanda.

— J'aime beaucoup la façon dont vous avez aménagé

cette pièce, reprit-elle, mais vous ne pourrez pas vous y cacher éternellement.

— Je ne m'y « cache » pas ! protesta Laura.

— Vraiment ? Vous n'étiez encore jamais venue à San Francisco, et qu'en avez-vous vu, depuis votre arrivée ? Rien ! Vous n'êtes pas allée une seule fois au musée ou au théâtre, ni vous promener en tramway, ni flâner sur Fisherman's Wharf, ni visiter Chinatown… Pourquoi ?

— Faute de temps.

— Nous savons toutes les deux que c'est faux, alors arrêtons de tourner autour du pot ! Oubliez que je suis la mère de Gabe… Nous sommes seules, et ce qui se dira ici n'ira pas plus loin, je vous le promets.

Laura essuya ses mains soudain moites sur son pantalon et murmura :

— Je déteste parler de moi-même.

— Je vais le faire à votre place, dans ce cas. Vous avez traversé de dures épreuves, dont Gabe ne nous a raconté que les grandes lignes, mais j'en ai appris plus en posant les bonnes questions aux bonnes personnes… Vous devez me trouver indiscrète, mais attendez que j'aie terminé ! Vous pourrez alors m'adresser tous les reproches que vous voudrez.

— Je n'en ai pas l'intention, mais pourquoi mon histoire vous intéresse-t-elle à ce point ? Le passé est le passé.

— Oui, mais il est impossible de tirer un trait dessus avant d'avoir accepté de le regarder en face. Je sais que Tony Eagleton vous frappait, et que ses parents fermaient les yeux sur ses débordements de toutes sortes… Vous avez été très courageuse.

— Non, très lâche, au contraire.

— Je ne suis pas de cet avis : il faut posséder de grandes réserves de force pour secouer ce genre de joug et tenir ensuite pendant des mois, sans soutien ni ressources, comme vous l'avez fait. Vous ne pensez pas que le moment est venu de puiser de nouveau dans ces réserves et de repartir au combat ?

— Contre les Eagleton ?

— Oui.

— Comment ? En allant les dénoncer à la justice ou aux médias ?

— Si nécessaire. Les Bradley n'ont pas peur de la vérité.

— Je ne suis pas une…

— Si, vous l'êtes, et votre fils aussi. Qu'importe, d'ailleurs, ce que les gens savent et ce qu'ils pensent ! Vous n'avez rien à vous reprocher.

— Non, mais j'ai honte d'avoir accepté ce rôle de victime pendant si longtemps.

Le cœur serré, Amanda se leva et prit la jeune femme dans ses bras. Celle-ci commença par se raidir, puis il lui sembla qu'une digue se rompait en elle, et des sanglots irrépressibles la secouèrent.

Sa belle-mère la laissa pleurer, pleura même avec elle, et cette communion silencieuse les rapprocha plus qu'aucune parole n'aurait pu le faire.

Quand les larmes de Laura se calmèrent, Amanda l'emmena s'asseoir sur le divan installé dans un angle de la pièce et observa :

— Vous en aviez besoin.

— Sans doute, dit Laura en s'essuyant les yeux du revers de la main.

— Vous vous sentez mieux, maintenant ?

— Oui.

— Alors écoutez-moi : vous n'avez pas à avoir honte. Rien de ce qui est arrivé n'est votre faute ; vous étiez juste trop jeune et trop seule. Vous le comprendrez certainement un jour, mais en attendant, il y a une chose dont vous pouvez être sûre : vous n'êtes plus seule. Si les Eagleton tentent d'obtenir la garde de Michael, c'est à la famille Bradley tout entière qu'ils se heurteront.

Le visage d'Amanda exprimait une détermination farouche, et une lueur de défi brillait dans son regard. Dans un geste d'affection qui lui aurait paru inconcevable quelques minutes plus tôt, Laura lui prit la main, puis murmura d'une voix contractée par l'émotion :

— Non, je ne suis plus seule.

Le bruit de la porte d'entrée qui s'ouvrait et se refermait la fit sursauter.

— Ce doit être Gabe qui revient de la galerie, déclara-t-elle, et je ne veux pas qu'il voie que j'ai pleuré.

— Je vais l'occuper le temps que vous vous passiez un peu d'eau sur la figure… Vous avez des projets pour cet après-midi ?

— Non, je…

— Parfait ! A tout de suite !

Dix minutes plus tard, la jeune femme trouva Gabe assis dans le salon, un verre de soda à la main.

— Je suis contente que tu sois d'accord, était en train de lui dire sa mère. Ah ! Laura ! Vous êtes prête ?

— Prête ?

— Oui. Je viens d'expliquer à Gabe que nous allions vous acheter une robe pour la réception que je compte donner en votre honneur la semaine prochaine.

Cette idée n'avait traversé l'esprit d'Amanda qu'au moment où elle descendait l'escalier et cherchait un sujet de conversation pour retenir son fils au rez-de-chaussée, mais cela, personne n'avait besoin de le savoir.

— Gabe est absolument ravi, ajouta-t-elle.

— Résigné, plutôt ! rectifia l'intéressé.

— Cela fera du bien à ta femme de sortir un peu. Si je ne t'aimais pas autant, je te gronderais de la garder ainsi enfermée dans cette maison.

— Je ne l'ai jamais…

— … emmenée nulle part, compléta Amanda, et j'ai donc décidé de prendre les choses en main… On y va, Laura ?

— Euh… oui, balbutia la jeune femme. Je viens de nourrir et de changer Michael, Gabe. Il devrait dormir tranquillement jusqu'à mon retour.

— Même s'il se réveille, je suis tout à fait capable de m'occuper de lui ! annonça Gabe d'un ton ferme.

Le calme qu'il affichait était une simple façade : d'une part, les reproches de sa mère l'irritaient, car il aurait suffi à Laura de le lui demander pour qu'il l'emmène faire des courses ; et, d'autre part, la perspective de rester seul avec le bébé le rendait un peu nerveux.

— Si tu promets d'être sage, nous te rapporterons un cadeau, dit Amanda avec un sourire malicieux. Embrasse-moi, maintenant, avant que je ne parte !

Gabe s'exécuta puis posa un baiser sur la joue de Laura, et fut surpris quand elle lui enlaça la taille et se serra contre lui.

— Ne laisse pas maman te convaincre d'acheter une robe à froufrous, déclara-t-il en refermant les bras sur elle. Prends quelque chose de simple et d'une couleur qui mettra en valeur celle de tes yeux.

— Si tu ne la lâches pas, nous ne pourrons rien acheter du tout ! s'écria Amanda.

Elle ne voulait pas le montrer, mais elle était profondément heureuse de constater, pour la première fois, que Gabe était amoureux de sa femme.

Michael choisit bien sûr cet après-midi-là pour faire des caprices qu'il ne faisait pas d'habitude. Gabe le berça, le changea, lui chanta des chansons… En vain : chaque fois qu'il le recouchait, le croyant prêt à s'endormir, le bébé se remettait à pleurer.

Renonçant finalement à travailler, Gabe descendit avec lui dans la cuisine, mangea une cuisse de poulet froid et parcourut le journal. Et comme il n'y avait personne pour se moquer de lui, il discuta sport et politique avec Michael, qui lui donna la réplique en gazouillant et en secouant son hochet.

Ils sortirent ensuite dans le jardin, et Gabe s'émerveilla de voir son fils regarder de tous les côtés, l'air vivement intéressé par ce qui l'entourait. Après l'avoir promené dans les allées, il l'installa dans sa poussette, le couvrit d'un plaid et s'assit près de lui sur la terrasse.

Les jonquilles, les iris et le lilas du jardin composaient une symphonie de couleurs qui enchantait ses yeux de peintre. Pour la première fois depuis la disparition de son frère, il se sentait en paix. Pendant ses longs mois de solitude dans les montagnes froides et sauvages du Colorado, il avait commencé à guérir, mais ici, chez lui, le spectacle de la nature en plein renouveau lui insufflait à la fois le courage et l'envie de se remettre à vivre.

— Je t'aime, Michael, murmura-t-il.

Et ces mots s'adressaient aussi bien au disparu qu'à l'enfant aux joues roses et aux yeux brillants dont la venue au monde avait été pour Gabe comme une seconde naissance.

Laura ne pensait pas s'absenter aussi longtemps, mais Amanda ne s'était pas contentée de l'aider à choisir une tenue habillée ; elle l'avait poussée à renouveler entièrement sa garde-robe. La jeune femme avait d'abord eu des scrupules à utiliser la carte bancaire que Gabe lui avait donnée le surlendemain de leur arrivée à San Francisco, mais elle avait fini par se dire que l'épouse d'un homme comme lui se devait de soigner son apparence : c'était une façon de lui faire honneur.

Son expérience de mannequin avait aiguisé son sens

des formes et des couleurs. Elle savait ce qui lui allait, mais fut malgré tout contente de voir sa belle-mère approuver chacun de ses achats. Ces quelques heures de shopping lui redonnèrent le sentiment de liberté éprouvé pendant la brève période de son existence où elle avait pris seule toutes les décisions la concernant.

Cela constituait un pas vers une nouvelle autonomie, songea-t-elle en rentrant, les bras chargés de paquets. Un homme ne l'aurait sans doute pas compris, mais le simple fait d'admettre qu'elle avait besoin de vêtements, et de les avoir choisis elle-même, signifiait qu'elle commençait à reprendre sa vie en main.

Elle monta l'escalier en fredonnant, mais, arrivée dans la chambre, la vue de Gabe allongé sur le lit, profondément endormi et Michael niché dans le creux de son bras, la réduisit au silence. Bien qu'il eût les yeux grands ouverts, le bébé ne bougeait pas, comme pour respecter le repos de son père.

Laura aurait aimé posséder ne serait-ce qu'une parcelle du talent de Gabe, car elle aurait alors pu dessiner cette scène, et revivre ensuite à volonté l'impression de douceur et d'harmonie qui s'en dégageait.

Faute de mieux, elle posa ses paquets et s'approcha du lit sur la pointe des pieds pour prolonger ce moment d'émotion. Une mèche barrait le front de Gabe, et elle eut envie de l'écarter, mais se retint, de peur de le réveiller. Il y avait quelque chose de vulnérable dans ce visage offert à ses regards, dans ces traits détendus dont le sommeil adoucissait les angles et faisait ressortir la beauté. Gabe ne se trouvait pas beau, et pourtant il l'était. Il se jugeait égoïste, et pourtant ses manières brusques, ses colères et son ironie parfois mordante cachaient des trésors de générosité.

Quand elle le voyait ainsi, dépouillé du masque derrière lequel il dissimulait sa nature profonde, Laura comprenait pourquoi elle était tombée amoureuse de lui.

Le bébé commençant à s'agiter, elle se pencha et essaya de le prendre le plus délicatement possible, mais dès qu'elle voulut le soulever, Gabe ouvrit les yeux et, sans un mot, lui posa la main sur la nuque et joignit leurs lèvres. Il ne l'avait plus embrassée ainsi, avec plus de tendresse que de passion, depuis qu'ils avaient quitté le chalet.

— Michael t'a tellement fatigué, pour que tu t'endormes au milieu de la journée ? remarqua-t-elle d'un ton malicieux quand ils se furent écartés l'un de l'autre.

— Je ne me rendais pas compte de l'énergie qu'exigeait la surveillance d'un nourrisson.

— Et ça ne va pas aller en s'arrangeant ! Tout à l'heure, dans un magasin, j'ai vu une femme accompagnée de son fils de deux ou trois ans… Elle n'arrêtait pas de courir ! Et ta mère m'a dit qu'elle s'écroulait tous les soirs, après avoir enfin réussi à te coucher.

— C'est faux ! J'étais un enfant d'une sagesse exemplaire.

— Alors ce n'est pas toi qui dessinais au feutre sur le papier peint du salon ?

— Si, mais uniquement parce que mon génie artistique avait besoin de s'exprimer.

— Bien sûr !

— Je ne te demande pas si tu as passé un bon après-midi… A en juger par le nombre de paquets que tu as rapportés, la réponse est oui.

Sur le point de s'excuser d'avoir dépensé tant d'argent, Laura se contint et observa à la place :

— J'ai trouvé merveilleux de voir les chaussures que j'étais en train d'essayer sans être obligée de me contorsionner, et de pouvoir acheter des robes qui ne ressemblaient pas à des sacs à pommes de terre.

— Ce doit être dur, pour une femme, de perdre sa ligne pendant neuf longs mois.

— Je ne sais pas pour les autres, mais moi, j'ai savouré chaque minute de ma grossesse. Je n'ai jamais été aussi heureuse que le jour où je ne suis plus arrivée à attacher la ceinture d'un pantalon !

Laura, qui s'apprêtait à s'étendre sur le sujet, y renonça finalement. C'était quelque chose qu'il lui était impossible de partager avec Gabe, et elle regrettait profondément qu'il ne soit pas le père biologique de Michael, qu'ils n'aient pas vécu ensemble chaque étape du développement de cette petite vie en elle.

— C'est l'heure de la tétée, reprit-elle. Je vais nourrir Michael, et je descendrai ensuite faire le dîner.

— Je m'en suis chargé. J'ai mélangé tous les restes que j'ai trouvés dans le réfrigérateur, mais je ne suis pas sûr que le résultat soit mangeable.

De nouveau tentée de s'excuser — cette fois d'être revenue trop tard pour préparer un vrai repas —, Laura se retint encore et déclara avec un sourire :

— Ne t'inquiète pas ! J'ai tellement faim que

j'aurai vidé mon assiette avant d'avoir eu le temps d'en examiner le contenu.

— Parfait ! Rejoins-moi en bas dès que tu auras couché Michael. Comme il n'a pas fermé l'œil de l'après-midi, il devrait s'endormir dès qu'il aura la tête sur l'oreiller.

— Entendu.

Une fois seule, Laura songea à la façon dont elle avait prévu d'occuper la soirée… Aurait-elle le courage, le moment venu, de surmonter ses craintes et de mener son projet à bien ?

Cette question la tourmentait toujours deux heures plus tard, tandis qu'elle se regardait dans le miroir embué de la salle de bains. Cela faisait si longtemps qu'elle n'avait cherché à plaire à un homme…

La chemise de nuit qu'elle avait mise en sortant de son bain était d'un bleu très pâle, presque blanche ; elle l'avait choisie parce que cette couleur lui rappelait celle de la neige, dans les montagnes du Colorado. De fines bretelles, un corsage bordé de dentelle et une coupe ajustée rendaient ce vêtement très féminin, et, sachant que Gabe la préférait avec les cheveux dénoués, elle ne les avait pas attachés.

Comprendrait-il le message ? Et elle, lui serait-il possible de dominer sa peur ? Ses souvenirs rôdaient à la périphérie de sa conscience, prêts à l'assaillir… Elle devait pourtant les en empêcher, ne plus penser à ce qui avait été, mais à ce qui pouvait être… Son amour pour Gabe lui en donnerait-il la force ?

Oui, il le fallait, et elle se fiait plus aux actes qu'aux paroles pour lui dire ses sentiments. Les mots les reflétaient si mal, et si elle déclarait son amour à Gabe, ne risquait-il pas de le repousser avec la même impatience que sa gratitude ? Mieux valait donc lui en fournir la preuve, et elle espérait y parvenir ce soir, en s'offrant à lui.

Après avoir vaporisé un nuage de parfum sur son cou et au creux de ses poignets, elle inspira profondément et se dirigea vers la porte.

Gabe déboutonnait sa chemise quand Laura entra dans la chambre. Eclairée à contre-jour par la lumière de la salle de bains, elle ressemblait à une apparition : le nimbe doré de ses cheveux dénoués, sa peau diaphane, le tissu vaporeux de sa chemise de nuit, tout concourait à faire d'elle l'ange auquel il se plaisait à la comparer.

Les mains de Gabe s'immobilisèrent sur le bouton qu'il était en train de défaire, et il eut conscience de retenir son souffle, comme le spectateur d'une pièce au lever du rideau.

— Je viens d'aller voir Michael, dit-il d'une voix qu'il fut surpris de trouver presque normale, et il dort à poings fermés. Ça t'ennuie, si je vais travailler une heure ou deux avant de me coucher ?

— Euh… non, bredouilla la jeune femme. Je comprends que tu veuilles rattraper le temps que tu as perdu cet après-midi.

— Ce n'est pas du temps perdu, j'aime beaucoup m'occuper de Michael.

Laura se maudit intérieurement ; alors qu'elle avait décidé de séduire son mari, elle n'essayait même pas de le retenir quand il lui parlait de passer la soirée seul dans son atelier !

Rassemblant son courage, elle s'approcha de lui, mais sa nervosité rendait sa démarche incertaine. Jamais elle n'aurait cru qu'il pouvait être aussi difficile de traverser une pièce… Arrivée devant Gabe, elle tendit la main pour lui caresser la joue, mais il la saisit au vol et l'emprisonna dans la sienne en murmurant :

— Ne m'attends pas pour t'endormir. Tu dois être fatiguée.

Etouffant un soupir, Laura libéra sa main et alla ouvrir l'un des tiroirs de la commode.

— Puisque mes tentatives de séduction ne marchent pas, je vais employer une méthode plus directe, annonça-t-elle. J'ai ici le certificat d'une gynécologue attestant que je suis de nouveau apte à avoir des rapports sexuels.

— Tu es une grande romantique ! s'écria Gabe, amusé malgré lui.

— Tu as dit que tu avais envie de faire l'amour avec moi, et que seul le souci de ma santé t'en empêchait ! Tu mentais, pour te moquer de moi au moment où je t'apporte la preuve que je suis parfaitement remise de mon accouchement ?

Pris de remords, Gabe rejoignit Laura en deux enjambées et l'enlaça. Elle avait les yeux secs, mais il l'avait blessée, c'était évident, et il regrettait sa maladresse. Le lien qui les unissait était encore si fragile que la moindre erreur de sa part risquait de le rompre définitivement.

— Non, je ne mentais pas, déclara-t-il. Je te désire depuis le jour où nous nous sommes rencontrés, et le fait de vivre pendant tout ce temps près de toi sans pouvoir te toucher m'a été une véritable torture.

— Tu le peux maintenant, chuchota-t-elle.

— Physiquement, oui, mais il faut aussi que tu sois prête mentalement à m'appartenir. Je veux qu'aucun souvenir, aucun fantôme ne vienne s'interposer entre nous. Quand nous ferons l'amour, c'est à moi, et à moi seul, que tu penseras.

Etait-ce une promesse ou une menace ? La jeune femme n'eut pas le temps de trancher, car Gabe s'était déjà emparé de ses lèvres, et déjà une onde de volupté la parcourait, la privant de toute lucidité.

Elle s'attendait à ce que Gabe recherche l'assouvissement rapide d'un désir si longtemps contenu, mais ce fut avec une infinie douceur qu'il la souleva dans ses bras, la coucha sur le lit, puis la fit tour à tour soupirer, gémir et crier de plaisir par de lentes caresses qui lui donnaient l'impression de découvrir son corps en même temps que lui.

L'idée que Laura allait enfin être sienne avait d'abord incendié les sens de Gabe, mais à cette première réaction avait succédé une volonté de retenue. L'expérience qu'elle avait de l'amour physique l'avait sûrement traumatisée, et il devait lui montrer qu'il ne s'agissait pas pour lui d'un rapport de domination et de soumission, mais d'un partage où chacun donnait et recevait dans le respect des besoins de l'autre. Il la sentait frissonner sous ses mains, mais il ne fut certain d'avoir gagné sa confiance qu'au moment où elle commença de répondre à ses caresses avec une ardeur et une liberté grandissantes.

Alors seulement, il lui enleva sa chemise de nuit, se déshabilla lui aussi et, maintenant peau contre peau, communiant dans un même désir, ils lâchèrent la bride à leur passion, jusqu'à ce que leurs corps s'unissent dans la plus intime des étreintes.

Le visage pressé contre la gorge de Laura, Gabe respira les effluves de son parfum, perçut le battement précipité du sang sous sa peau, sentit l'approche de la jouissance accélérer le rythme de sa respiration… Il savait que chacune de ces sensations resterait à jamais gravée dans sa mémoire.

Et puis, soudain, la lame de fond d'un puissant orgasme le submergea et lui fit tout oublier.

9

Durant une brève période de sa vie, Laura avait porté des toilettes élégantes, et assisté à des réceptions chic. Elle avait rencontré des gens dont les magazines *people* publiaient régulièrement la photo. Elle avait dansé avec des célébrités et dîné avec les plus grands couturiers. Même si elle avait eu l'impression de rêver, tout cela lui était bel et bien arrivé.

Elle ne pouvait nier que le métier de mannequin lui avait plu. Il était plus astreignant que les gens ne le pensaient généralement, mais elle était alors assez jeune et candide pour être encore éblouie par le glamour du monde de la mode après dix heures de dur travail.

Geoffrey lui avait appris à se tenir bien droite, à marcher et à sourire avec grâce, même quand elle était recrue de fatigue. Il lui avait enseigné l'art de se coiffer et de se maquiller avec recherche ou sobriété selon l'effet recherché.

Toutes ces leçons l'avaient aidée à se composer une image de calme sophistication dans les réunions mondaines où son appartenance à la famille Eagleton l'obligeait à se montrer. Les apparences pouvaient être d'un grand secours, avait-elle ainsi découvert.

La perspective de la soirée que ses beaux-parents donnaient ce soir dans leur résidence de Nob Hill ne l'effrayait donc pas : ni sa tenue ni son comportement ne feraient honte à Gabe. Elle n'était pas sûre, en revanche, d'avoir envie de se retrouver dans ce genre de situation.

Les choses auraient été si différentes si Gabe avait appartenu à un autre milieu... Ils auraient alors habité une petite maison, avec un petit jardin, et se seraient fondus dans la masse anonyme des gens ordinaires...

Une partie d'elle-même aspirait à cette vie simple et obscure, mais c'était impossible, songea-t-elle en mettant les boucles d'oreilles ornées de lapis-lazuli achetées la semaine précédente. Si Gabe avait appartenu à un milieu différent, d'ailleurs, il n'aurait pas été l'homme qu'elle aimait. L'homme dont elle commençait à espérer qu'il partagerait un jour ses sentiments.

L'entrée de Gabe dans la pièce la tira de ses réflexions.

— Si tu es prête, dit-il, nous...

Les mots moururent sur ses lèvres : il voyait pour la première fois la femme dont Laura lui avait parlé — celle qui avait fait la couverture des magazines de mode et présenté les modèles des stylistes les plus renommés.

Vêtue d'un long fourreau bleu foncé, les cheveux relevés en un chignon d'où quelques mèches blondes s'échappaient pour souligner l'ovale parfait de son visage, elle était la grâce et la beauté personnifiées.

Gabe était ébloui, mais aussi intimidé ; il avait l'impression d'avoir devant lui une inconnue, et il aurait été à peine surpris d'entendre une voix différente de celle de Laura quand elle observa :

— Comme tu peux le constater, j'ai suivi tes conseils : j'ai choisi une robe bleue, et sans froufrous.

— En effet, articula-t-il péniblement.

Laura se détourna pour prendre sur le lit un châle de soie multicolore, et Gabe vit alors que son fourreau était largement fendu sur le côté.

— Tu ne risques pas de passer inaperçue, dans cette tenue ! lança-t-il.

— Si tu ne l'aimes pas, pourquoi ne pas le dire franchement ? s'écria Laura, irritée par la froide ironie de son mari. Je n'ai pas le temps de me changer, mais je ne la porterai plus, crois-moi ! Je vais chercher Michael, maintenant, et nous pourrons ensuite partir.

— Non, attends ! Ma remarque n'était pas très gentille, mais j'ai des excuses : c'est la jalousie qui m'a fait parler.

— Tu n'as aucune raison de l'être. J'ai acheté cette robe parce qu'elle me plaisait, et non pour aguicher les hommes.

— J'en suis sûr, mais le résultat sera le même. Tous les regards masculins seront fixés sur toi ce soir.

— Et tous les regards féminins sur toi ! répliqua la jeune femme, dont la colère avait cédé la place à l'amusement.

— Je ne suis pas le seul à être jaloux, alors ?

— Non. C'est la première fois que je te vois en smoking, et je te trouve plus beau que jamais.

— Vraiment ?

— Oui. Tu ressembles à un héros de roman.

Quand les yeux de Laura brillaient ainsi de malice et de tendresse mêlées, elle n'était plus le top model inaccessible dont Gabe se sentait si éloigné, mais la femme qui préférait un anneau de rideau à une alliance en diamants, celle qu'il avait connue au chalet, *sa* Laura.

— Tu as trop d'imagination, mon ange, observa-t-il. Je n'ai aucune des qualités qui font un héros.

— Tu te trompes, tu les as…, et les défauts aussi.

— Si tu le dis…, déclara Gabe en haussant les épaules. Nous devons nous mettre en route, à présent. Si nous arrivons en retard, ma mère m'arrachera les yeux.

Bien qu'il fût déjà retourné dans la maison de ses parents depuis son retour du Colorado, Gabe y ressentait aujourd'hui l'absence de son frère plus douloureusement que les fois précédentes.

C'était sans doute parce que Michael adorait ce genre de réception, pensa-t-il en buvant une gorgée de champagne. Michael aimait les gens, les rires, les rumeurs et les commérages. Chaleureux, expansif, spirituel, il n'avait que des amis, et à son charme naturel s'ajoutait une générosité qui l'amenait à rendre service sans jamais rien demander en échange, ou simplement à écouter d'une oreille bienveillante tous ceux qui venaient lui confier leurs soucis. Il lui arrivait heureusement de se mettre en colère ou d'agir de façon trop impulsive, sinon il aurait été parfait, et Gabe trouvait les gens parfaits insupportables.

Michael lui manquait encore tellement... La vie continuait pourtant; une page se tournait, et une autre s'ouvrait...

Tout naturellement, son regard se fixa sur Laura, en train de parler avec son père à l'autre extrémité du salon. Sans qu'il en eût conscience, entre le moment où elle avait baissé la vitre de sa voiture et celui où elle lui avait posé un nouveau-né dans les bras, il était tombé amoureux d'elle. Cela n'avait rien eu d'un coup de foudre : l'amour s'était éveillé en lui comme un murmure, si doux et léger qu'il n'y avait d'abord pas prêté attention.

Le destin lui avait amené Laura au moment où il en avait le plus besoin, mais à elle, quels sentiments inspirait-il ? De la reconnaissance, et elle avait le cœur assez grand pour lui offrir affection et tendresse en remerciement de la sécurité qu'il lui avait procurée.

A certains moments, il se disait que c'était suffisant, pour le présent comme pour l'avenir. Mais, à d'autres moments, il voulait plus, beaucoup plus. Il voulait qu'elle cesse de le regarder à travers le miroir déformant du passé et l'aime pour lui-même. S'il l'avait pu, il aurait effacé de sa mémoire les souvenirs qui mettaient un voile de tristesse dans ses yeux, et de la peur sur son visage au moindre geste brusque. Mais il ne le pouvait pas, et il savait d'ailleurs qu'il lui aurait ainsi volé une partie d'elle-même. Bonnes ou mauvaises, les expériences qu'avait vécues Laura avaient fait d'elle ce qu'elle était — la femme qu'il aimait.

Des rires fusèrent, près de lui. Des verres s'entrechoquèrent. L'éclat des lustres inondait la pièce, où se mêlaient des odeurs de vin, de fleurs et de parfums de femme... Gabe s'y sentait mal à l'aise, et il alla chercher le silence et l'isolement dont il avait besoin auprès de son fils, endormi dans une chambre du premier étage.

— Michael vous ressemble chaque jour un peu plus, observa Cliff.

— Vous trouvez ? dit Laura sans chercher à cacher la joie que cette remarque lui causait.

— Absolument ! répondit son beau-père en lui tapotant affectueusement la joue. A vous voir aujourd'hui, pourtant, personne ne pourrait se douter que vous l'avez mis au monde il y a si peu de temps.

— Vous n'avez pas honte, Cliff, de flirter avec une jolie femme pendant que votre épouse ne regarde pas ? demanda une voix, derrière Laura.

Elle se retourna, tandis que Cliff s'écriait :

— Marion ! En retard, comme toujours !

— Ne me faites pas de reproches, Amanda s'en est déjà chargée... Ainsi, voici la mystérieuse Laura...

— Oui. Laura, je vous présente Marion Trussalt, propriétaire de la galerie qui s'occupe des tableaux de Gabe.

— Enchantée, déclara la jeune femme.

Sans être belle, Marion avait un visage intéressant,

avec des yeux très noirs et des cheveux de jais, lisses et brillants. Son charme exotique ne devait pas laisser les hommes indifférents.

— Je suis ravie de rencontrer enfin celle avec qui je partage Gabe, susurra-t-elle. Vous avez son cœur, et moi son âme, en quelque sorte.

Elle souriait, mais des lèvres seulement, et Laura perçut une pointe de mépris dans sa voix.

— Ah ! Cliff, avant que je n'oublie..., reprit-elle. Amanda m'a demandé de vous rappeler que les maîtres de maison étaient censés se mêler aux invités.

— Elle me surveille donc, contrairement à ce que vous disiez, soupira Cliff. Je vous laisse, Laura, mais promettez-moi de profiter du buffet. Je vous trouve déjà presque trop mince.

Dès qu'il fut parti, Marion souligna :

— Vous êtes en effet étonnamment mince, pour une femme qui a eu un bébé il y a... quoi ? Un mois ?

— Bientôt deux, rectifia Laura.

— Vraiment ? J'ai des journées si chargées que je ne vois pas le temps passer, mais les vôtres ne le sont certainement pas autant, alors pourquoi n'êtes-vous pas encore venue à la galerie ?

D'abord déstabilisée par les piques de son interlocutrice, Laura résolut de réagir. Il n'était pas question de se laisser intimider.

— Je compte aller très bientôt admirer les tableaux de mon mari dans un cadre qui les met sûrement en valeur, répondit-elle. Vous avez toute sa confiance, et j'espère que vous arriverez à le convaincre de faire une nouvelle exposition.

— Je ne sais pas si c'est une bonne idée. Il va peut-être falloir attendre un peu.

— Les toiles qu'il a réalisées cet hiver sont pourtant excellentes, et il doit y en avoir suffisamment pour…

— Là n'est pas le problème.

L'un des invités héla Marion, et elle se retourna pour lui sourire avant de reporter son attention sur Laura. Elle n'en était pas jalouse, car ni Gabe ni elle n'avaient jamais songé à devenir amants. Ce n'était pas l'homme en lui qui l'intéressait, mais le peintre, et s'il s'était marié avec une femme du même milieu que lui, ou susceptible de favoriser sa carrière, elle n'aurait rien trouvé à y redire. Mais en épousant un ancien mannequin autour duquel flottait un parfum de scandale, il avait mis en péril à la fois sa réputation et ses ambitions à elle.

— A propos, vous ai-je dit que je connaissais votre premier mari ? demanda-t-elle d'un ton dégagé.

Marion lui aurait lancé le contenu de son verre au visage que Laura n'aurait pas tressailli plus violemment. Le cocon où elle avait réussi à s'enfermer avec Michael venait de se fissurer.

— Non, déclara-t-elle. Maintenant, si vous voulez bien m'excuser…

— Tony Eagleton était un homme fascinant — un peu immature et tête brûlée, mais fascinant… C'est vraiment triste qu'il soit mort si jeune, et sans avoir jamais vu son fils.

— Michael est le fils de Gabe, répondit Laura d'un ton posé.

— Oui, il paraît, mais d'étranges rumeurs ont

circulé juste avant et juste après la mort de Tony. Des rumeurs selon lesquelles il avait l'intention de divorcer et vous avait même chassée de la demeure familiale parce que vous le trompiez… Mais à quoi bon y revenir ? C'est du passé ! Donnez-moi plutôt des nouvelles des Eagleton. Cela fait une éternité que je n'ai pas parlé à Lorraine.

Laura sentit une nausée lui tordre l'estomac. Faute de se ressaisir, et vite, elle allait être malade au milieu de ce salon rempli d'invités.

— Pourquoi êtes-vous si agressive avec moi ? murmura-t-elle. Que vous importe ce que j'ai vécu avant de rencontrer Gabe ?

— Tout ce qui le touche de près ou de loin m'intéresse, figurez-vous ! Je veux qu'il devienne le peintre le plus célèbre de sa génération, et je ne laisserai personne entraver sa carrière… J'aime beaucoup votre robe ! Où l'avez-vous achetée ?

Ce brusque changement de sujet était dû à l'arrivée d'Amanda, et Marion s'esquiva sans attendre la réponse d'une Laura si secouée que sa belle-mère lui demanda d'un air inquiet :

— Ça ne va pas ? Vous êtes blanche comme un linge. Venez vous asseoir !

— Non, j'ai juste besoin d'aller prendre l'air.

La jeune femme sortit en hâte sur la terrasse, mais Amanda, qui l'avait suivie, l'installa d'autorité dans un fauteuil et déclara :

— Reposez-vous une minute, le temps de retrouver des couleurs ! Si Gabe nous rejoint avant, il me reprochera de vous avoir imposé un effort que vous êtes encore trop faible pour supporter.

— Il ne s'agit pas de cela.

— Mais de Marion, n'est-ce pas ? Si elle vous a fait croire qu'il y a eu quelque chose entre Gabe et elle, je peux vous garantir qu'elle mentait.

— Même si c'était le cas, ce serait sans importance.

— Alors vous êtes plus magnanime que moi ! Je connais depuis plus de trente-cinq ans une ancienne… flamme de Cliff, et j'ai toujours envie de l'étrangler ! Marion et Gabe n'ont cependant jamais entretenu de liaison. Je ne prétends pas tout savoir de la vie sentimentale de mon fils, mais en ce qui concerne Marion, je suis formelle : elle ne voit en Gabe qu'un artiste dont le talent et la renommée servent les intérêts de sa galerie… Que vous a-t-elle dit, pour vous mettre dans cet état ?

— Qu'elle connaissait mon premier mari, mais elle ne songeait sans doute pas à mal. J'ai eu tort d'interpréter cela comme une menace.

— Je n'en suis pas sûre, et je trouve de toute façon très indélicat de sa part d'aborder ce sujet le jour où nous fêtons votre mariage avec Gabe.

— Ce n'est pas grave. Je préfère ne plus y penser, et je vous demanderai de ne pas en parler à Gabe. Il n'y a aucune raison de l'ennuyer avec ça.

— Entendu, mais j'irai en toucher deux mots à Marion.

— Non, c'est à moi de le faire, si je le juge utile.

— Comme vous voudrez.

Réconfortée par la compréhension de sa belle-mère, Laura prit une brusque décision.

— Pourrai-je vous confier Michael un jour de la semaine prochaine, Amanda ? J'aimerais aller voir les tableaux de Gabe à la galerie.

Laura se réveilla en sursaut, tremblante et baignée de sueur. Son cauchemar était revenu, et Gabe, penché sur elle, lui murmura :

— Détends-toi ! Tout va bien. Tu veux que je descende te chercher un verre d'eau fraîche ?

— Non, merci.

Les aiguilles lumineuses du réveil indiquaient 4 h 15, et l'angoisse de la jeune femme céda la place à la contrariété. La réception s'était terminée très tard, et elle se sentait maintenant trop nerveuse pour se rendormir.

— Tu n'avais plus eu de cauchemar depuis la naissance de Michael, observa Gabe. Il s'est passé quelque chose ce soir ?

Songeant à sa conversation avec Marion, Laura eut un pincement au cœur, mais, toujours décidée à ne pas en parler à son mari, elle se contenta de déclarer :

— Pourquoi me poses-tu cette question ?

— J'ai remarqué que tu n'avais pas l'air dans ton assiette, et maman non plus, quand j'ai regagné le salon après être allé voir le bébé.

— Et tu as pensé que nous nous étions disputées ? Détrompe-toi ! Nous nous entendons au contraire étonnamment bien.

— Etonnamment ?

— Oui. J'avoue que je ne m'y attendais pas.

— Je suis ravi de vous savoir amies, mais si tu t'avises de critiquer une seule de mes œuvres, tu t'en feras une ennemie mortelle !

— Je n'oserais pas… Elle m'a montré la fresque de la salle à manger, avec tous ces animaux fabuleux…

— J'étais très jeune et très romantique, quand je l'ai réalisée.

— Tu n'as pas à en avoir honte. Tes centaures, tes licornes et tes sirènes m'ont beaucoup plu.

— Je comprends, alors, pourquoi tu t'entends si bien avec maman ! Je l'ai suppliée des dizaines de fois de faire repeindre ce mur, mais elle s'y refuse obstinément.

— Elle a raison, et cela m'a donné une idée : si tu peignais une fresque dans la chambre de Michael ?

— Serais-tu en train de me passer une commande ?

— J'ai vu quelques échantillons de ton travail, et ils ne sont pas trop mauvais.

— Pas trop mauvais ? répéta Gabe, feignant l'indignation.

— Non, je les ai même trouvés assez prometteurs.

Pendant qu'ils parlaient, Laura s'était mise à promener les mains sur les épaules et le torse de Gabe, et il se rendit soudain compte que jamais encore elle n'avait pris ce genre d'initiative. Jusque-là, c'était toujours lui qui faisait doucement, avec d'infinies précautions, monter le désir en elle. Et là encore, pour ne pas la brusquer, il contint son émoi grandissant et observa d'un ton badin :

— Comment comptes-tu me payer ?

— Les conditions du contrat sont négociables.

— Alors je vais te dire les miennes... Non, *la* mienne, car il n'y en a qu'une.

— A savoir ?

— Je réaliserai cette fresque, si tu m'autorises à te peindre nue.

— Tu plaisantes !

— Pas du tout. Tu as un corps magnifique : de longues jambes de danseuse, une taille fine, une peau de pêche...

— Je serais très gênée.

— Pourquoi ? Le nu est un genre qui se pratique depuis l'Antiquité, et auquel je brûle soudain de m'essayer, mais si tu refuses de poser pour moi, j'engagerai un modèle.

— Il n'en est pas question ! s'écria Laura, envahie par un sentiment de jalousie d'une violence qui l'étonna elle-même.

— Accepte ma proposition, dans ce cas.

— C'est du chantage !

— Absolument.

— Tu vas me le payer !

Dans un mouvement d'une sensualité délibérée, Laura s'allongea sur Gabe et commença de se frotter langoureusement contre lui.

— Tout bien réfléchi, déclara-t-elle, je te permets d'engager un modèle, mais c'est moi qui le choisirai, et je sais déjà qui ce sera : cette Mme Drumberry que ta mère m'a présentée à la réception.

— Mais elle a au moins cent ans ! protesta Gabe,

partagé entre l'amusement et l'envie presque douloureuse de répondre aux provocations de sa femme.

— Tu pensais vraiment que je te laisserais t'enfermer dans ton atelier avec une jeune et jolie fille ?

— Parce que tu ne me crois pas capable de résister à ses charmes ?

— Non, parce qu'elle ne serait pas capable de résister au tien.

Gabe se mit à rire, mais son rire s'étrangla et se transforma en gémissement de plaisir quand la bouche de Laura se posa sur sa poitrine et la couvrit de petits baisers.

— Si je savais peindre, murmura-t-elle, je ne voudrais pas d'autre modèle que toi. Tu es si beau…

— Tu me prends en traître. Ce que tu me fais m'enlève toute capacité de discuter.

— C'est le but recherché !

Un sentiment exaltant de pouvoir emplissait peu à peu Laura. N'ayant encore jamais eu assez confiance en elle pour jouer les séductrices, elle laissait toujours l'initiative à Gabe, mais ce soir, curieusement, elle trouvait tout naturel d'inverser les rôles, en menant le jeu et en dictant sa loi.

Ses mains, ses lèvres entreprirent d'explorer chaque parcelle du corps pressé contre le sien. Seuls l'instinct et l'amour guidaient ses gestes, mais ils suffisaient apparemment à pallier son manque d'expérience, car elle sentait Gabe frémir et palpiter sous chacune de ses caresses.

La délicieuse torture que lui infligeait Laura donnait à Gabe l'impression d'être un jouet entre ses mains.

Il ne la reconnaissait plus : la sirène qui était en train de lui faire l'amour avec une sensualité débridée ne ressemblait en rien à la femme réservée qu'il avait épousée. Parce qu'il la croyait toujours fragilisée par son premier mariage, il n'avait pas encore laissé toute l'ardeur de son tempérament s'exprimer avec elle, mais elle se révélait soudain si fougueuse qu'il n'avait plus aucune raison de se refréner.

Alors il décida de lui rendre baiser pour baiser, caresse pour caresse, et, la passion de chacun se nourrissant de celle de l'autre, ils atteignirent le paroxysme du plaisir avec le sentiment d'être désormais unis par un lien si fort que rien, jamais, ne pourrait le détruire.

10

Laura était dans le jardin quand le ciel commença à s'assombrir. Elle avait pris l'habitude d'y passer ses matinées, pendant que le bébé dormait ou profitait de la douceur de l'air, installé dans sa poussette. Elle se sentait mieux dehors que dans la maison, où il y avait encore trop de pièces dont le décor luxueux, les meubles de prix et les portraits d'ancêtres la mettaient mal à l'aise. La nurserie, aménagée par ses soins, était le seul endroit qui lui donnait vraiment l'impression d'être chez elle.

Le temps printanier lui permettait à la fois de satisfaire son besoin d'espace et le goût qu'elle s'était découvert pour le jardinage. Le souffle du vent dans ses cheveux, la caresse du soleil sur sa peau, l'odeur de la terre fraîchement remuée lui apportaient un profond sentiment de paix, et elle lisait à présent des ouvrages de botanique avec la même avidité que ses livres sur la grossesse et l'accouchement quelques mois plus tôt.

Les tulipes avaient maintenant atteint leur pleine floraison, et les azalées étaient en boutons. Ce n'était pas elle qui les avait plantées, mais peu lui importait, et elle espérait en avoir assez appris dans les mois à venir pour marquer le jardin de son empreinte dès le printemps suivant.

Michael marcherait alors, et elle le voyait déjà courir dans les allées sur ses petites jambes, jouer avec les graviers, essayer d'attraper les papillons au vol...

Elle s'amuserait à le poursuivre, elle le prendrait dans ses bras et le ferait tournoyer. Ses yeux brilleraient de plaisir et son rire résonnerait dans l'air léger, attirant son père à la fenêtre de l'atelier. Gabe voudrait connaître la cause de tout ce tapage, et il feindrait d'en être irrité, mais il ne le serait pas réellement. Cela lui servirait au contraire de prétexte pour s'arrêter de travailler et passer le reste de la matinée à jouer avec Michael à des jeux dont il inventerait les règles au fur et à mesure.

Laura s'assit sur ses talons et s'essuya le front du revers de sa main gantée. Le rêve était autrefois pour elle un refuge, une protection, un moyen d'échapper à la réalité, mais il n'était plus rien de tout cela, car la réalité ressemblait désormais à un rêve dont elle commençait à croire qu'il durerait toujours.

Lorsque l'ombre envahit le jardin, elle leva la tête et vit de gros nuages noirs à l'horizon. D'abord tentée de les ignorer, elle pensa au temps qu'il lui faudrait pour ranger ses outils, rassembler les affaires de Michael et les porter à l'intérieur.

Elle se résigna donc à rentrer, et à peine s'était-elle engagée dans l'escalier, le bébé dans les bras, qu'un grondement de tonnerre retentit et les fit sursauter tous les deux. Michael se mit à pleurer et, luttant contre une peur de l'orage qui remontait à son enfance, Laura lui murmura des mots apaisants.

Il ne pleuvait pas encore, mais, arrivée dans la nurserie, elle se dépêcha de coucher son fils et de fermer ensuite les fenêtres. Des éclairs aveuglants illuminaient par intermittence la pièce plongée dans la pénombre, suivis de coups de tonnerre de plus en plus violents.

En retournant près du berceau, la jeune femme vit que le bébé s'était endormi, et comme les premières gouttes de pluie s'abattaient sur les vitres, elle quitta en hâte la nurserie pour aller fermer toutes les autres fenêtres.

Alors qu'elle pensait avoir fait le tour de la maison et s'apprêtait à regagner la chambre de Michael, elle se rendit compte qu'elle avait oublié l'atelier.

La pluie tombait maintenant à verse et risquait d'endommager les tableaux de Gabe... Laura remonta le couloir en courant et poussa un soupir de soulagement en constatant qu'aucune toile ne se trouvait à proximité des fenêtres. Elle les ferma, mais le plancher était mouillé, et elle s'apprêtait à descendre chercher une serpillière quand elle eut soudain conscience d'être seule dans cette pièce pour la première fois. Gabe ne lui en avait jamais interdit l'accès, mais le manque d'intimité dont elle avait souffert pendant presque toute sa vie lui avait appris à respecter celle des autres.

L'odeur qui régnait dans l'atelier lui donna cependant envie de s'y attarder. Elle lui rappelait Gabe, dont les vêtements et les mains étaient souvent imprégnés de ce mélange de peinture et de white-spirit.

Ces effluves éveillaient en elle toutes sortes d'émotions, des plus douces aux plus tumultueuses. Comme Gabe lui-même, ils avaient le pouvoir de faire palpiter à la fois son corps et son cœur. Ils lui étaient si étroitement associés qu'elle avait l'impression de le voir debout devant le chevalet où était posé un tableau en cours de réalisation.

Laura s'en approcha. C'était un portrait de leur fils, exécuté à partir d'un croquis fixé au cadre et qui datait d'environ une semaine. Michael avait déjà changé depuis, mais cette toile était d'autant plus précieuse : elle garderait à jamais vivant son visage à ce moment précis de sa petite existence.

Le regard de la jeune femme parcourut ensuite l'atelier, et elle y retrouva le même désordre que dans le séjour du chalet du Colorado. Toutes les surfaces étaient encombrées de tubes de peinture, de pinceaux, de dessins et de chiffons. Des tableaux non encadrés s'entassaient contre les murs, mais là, Gabe n'en avait utilisé aucun pour décorer la pièce.

Pourquoi n'avait-elle pas encore pensé à lui demander si certains ne conviendraient pas à la nurserie ? songea alors Laura. Elle l'avait ornée de gravures et de dessins aux couleurs vives, mais la présence d'une ou deux œuvres de Gabe dans la chambre de Michael y apporterait une touche tellement plus personnelle !

Ce fut avec cette idée en tête que la jeune femme s'agenouilla et commença d'examiner une à une les toiles posées par terre.

Les sujets étaient parfois très différents, mais la sensibilité de l'artiste les imprégnait toutes et faisait passer le spectateur par toute la gamme des émotions — la mélancolie devant un paysage noyé dans le brouillard, la tristesse devant la peinture très réaliste d'un bidonville, l'amusement devant le portrait de trois adolescentes en train de pouffer de rire sur un trottoir, la compassion devant celui d'un vieillard appuyé sur sa canne…

Chacun des tableaux qu'elle regardait laissait Laura plus admirative du talent de Gabe et lui en apprenait un peu plus sur sa vision du monde. Mais pourquoi les gardait-il enfermés dans une pièce où personne ne pouvait les voir — même pas lui, car ils étaient tous posés face au mur ? Ils portaient sa signature, avec l'année juste en dessous, et Laura nota qu'aucun ne remontait à plus de deux ans ni à moins d'un an.

La dernière toile qu'elle retourna lui donna un coup au cœur. C'était un portrait, et celui-là exprimait un immense amour.

Il représentait un jeune homme aux cheveux blonds, au visage mince éclairé par un sourire qui en rehaussait le charme et la beauté. Il était assis dans un fauteuil, les jambes allongées et les chevilles croisées, mais sous cette pose nonchalante se devinaient une énergie et une vitalité prêtes à entrer en action.

Même si elle n'avait pas vu ce fauteuil dans la maison de ses beaux-parents, Laura aurait identifié le modèle; il ressemblait trop à Gabe pour ne pas être son frère Michael.

Elle resta un long moment à le contempler, indifférente à l'orage, et quand un coup de tonnerre assourdissant fit trembler les vitres, elle n'y prêta même pas attention.

La mort d'un inconnu pouvait être ressentie comme un deuil personnel, était-elle en train de découvrir. Gabe avait peint son frère avec tant d'amour qu'il était impossible de ne pas éprouver une profonde douleur à l'idée que l'objet d'une aussi grande affection n'appartenait plus au monde des vivants.

Laura retrouvait dans ce portrait le même amour inconditionnel que dans le croquis fixé au chevalet, et cela lui donna matière à réfléchir : Gabe considérait apparemment le bébé comme un moyen de combler le vide laissé par le disparu. Elle ne songeait pas à le lui reprocher — il n'en aimait pas moins le petit Michael —, mais cette pensée l'attristait.

Tant qu'il n'aurait pas assez confiance en elle pour lui parler de son frère et des émotions qu'il exprimait si bien dans sa peinture, elle ne serait pas vraiment sa femme, et Michael ne serait pas vraiment son fils.

Quand la pluie s'arrêta, Laura décida d'appeler Amanda et de réaliser dès aujourd'hui son projet de se rendre à la galerie. Elle s'était jusque-là refusée à y aller, non pour les raisons qu'elle avait invoquées, mais parce que son statut d'épouse d'un artiste célèbre l'effrayait : il s'opposait à l'instinct qui la poussait à se montrer le moins possible en public.

Si elle voulait que Gabe se rapproche d'elle, cependant, elle devait commencer par faire un pas vers lui. Il lui faudrait rassembler tout son courage pour vaincre le sentiment d'insécurité qui l'habitait toujours, mais l'année passée ne lui avait pas seulement appris à être forte ; elle lui avait également appris à être aussi forte que les circonstances l'exigeaient.

Même s'il lui restait du chemin à parcourir, elle n'était plus la femme timorée d'autrefois, qui préférait l'immobilisme à l'action.

Sa belle-mère accepta avec enthousiasme de s'occuper du bébé, et, après avoir raccroché, Laura regarda sa montre. Sauf extraordinaire, Michael se réveillerait dans moins d'une heure ; elle le nourrirait, l'emmènerait chez Amanda et irait ensuite à la galerie.

Mais d'abord, pensa-t-elle en jetant un coup d'œil à son jean maculé de terre, elle devait se changer.

Le timbre de l'entrée retentit au moment où elle remontait l'escalier. Elle fit demi-tour, ouvrit la porte, et son cœur s'arrêta de battre à la vue de la grande femme brune au visage sévère qui se tenait sur le perron.

— Bonjour, Laura ! dit Lorraine Eagleton en franchissant le seuil sans attendre d'y être invitée.

Elle enleva ses gants avec une lenteur délibérée, parcourut le vestibule des yeux et reprit :

— Je vois que vous êtes vite retombée sur vos pieds... Mais trêve de bavardage... Où est l'enfant ?

Paralysée par la peur, Laura demeura muette. Elle avait du mal à respirer, et sa main, toujours crispée sur le bouton de la porte, était glacée, comme si le sang s'était arrêté de circuler dans ses veines.

Dans un flash d'une clarté terrifiante lui revinrent le

souvenir de sa dernière conversation avec sa visiteuse et, avec lui, les exigences des Eagleton, leurs menaces, toutes les humiliations qu'ils lui avaient infligées. Un sursaut d'orgueil lui fit retrouver sa voix, et elle déclara froidement :

— Michael dort.

— Tant mieux ! Nous serons plus tranquilles pour discuter.

— Je n'ai rien à vous dire, et pas d'ordres à recevoir de vous. Je vous rappelle que je suis ici chez moi.

— Et alors ? Les intrigantes comme vous arrivent toujours à piéger des hommes riches et crédules, mais elles restent de vulgaires courtisanes. Et le fait que vous vous soyez montrée assez habile pour persuader Gabriel Bradley de vous épouser ne m'empêchera pas de prendre ce qui m'appartient.

— Rien, ici, ne vous appartient. Je vous demande de partir.

— Je n'ai ni le désir ni l'intention de rester longtemps, vous pouvez me croire ! Donnez-moi l'enfant, et je m'en irai.

— Non.

— Dans ce cas, c'est la justice qui vous obligera à me le remettre, car je vais déposer une requête pour obtenir sa garde.

— Alors nous nous retrouverons au tribunal, mais en attendant, je ne veux plus vous voir.

Toujours la même…, songea Lorraine, les yeux rivés sur son interlocutrice. Elle prenait de grands airs pour masquer sa frayeur, mais il était toujours aussi facile de la manœuvrer. Lorraine ne supportait pas mieux aujourd'hui qu'autrefois l'idée que son fils ait épousé cette fille de rien : tant de jeunes femmes riches et bien nées auraient été ravies de devenir Mme Anthony Eagleton…

Même en colère, cependant, elle élevait rarement la voix. Le mépris et la dérision constituaient ses armes de prédilection.

— Vous auriez dû accepter l'offre que nous vous avions faite, mon mari et moi, déclara-t-elle, parce que nous ne la renouvellerons pas.

— Peu importe, car Michael n'est pas à vendre. Votre argent ne vous permettrait pas plus de l'acheter que de ramener Tony à la vie.

Ces mots amenèrent sur les traits de Lorraine une expression de douleur si vive, si sincère, qu'un élan de compassion souleva Laura.

— Ecoutez, madame Eagleton…

— Je refuse de parler de mon fils avec vous ! Si vous aviez été la femme qu'il lui fallait, il serait encore vivant. Jamais je ne vous pardonnerai de ne pas avoir su le rendre heureux !

L'amertume avait remplacé le chagrin sur le visage de Lorraine et, un an plus tôt seulement, Laura aurait jugé ses reproches au moins en partie mérités. Mais plus maintenant, et ce fut d'un ton ferme qu'elle répliqua :

— Que vous vouliez me prendre Michael pour me punir ou pour vous consoler de la mort de Tony, vous n'avez d'autres droits sur lui que ceux d'une grand-mère ordinaire.

— Non ! J'expliquerai au juge que vous n'êtes pas

apte à l'élever. Je lui fournirai la preuve que vous avez mené une vie dissolue avant et après votre mariage avec mon fils.

— C'est faux, et vous le savez !

— Et comme à cela s'ajoute l'instabilité mentale que vous a laissée votre enfance, continua Lorraine sans tenir compte de cette protestation, la justice tranchera forcément en notre faveur.

— Ni votre argent ni vos mensonges n'ont le pouvoir de m'enlever Michael !

Laura avait haussé la voix, et elle se força à respirer lentement pour recouvrer son calme. La colère ne la mènerait à rien ; mieux valait tenter de raisonner Lorraine.

— Si vous aimiez Tony, dit-elle, vous savez de quoi une mère est capable pour garder son enfant.

— Mais vous, vous n'avez pas l'air de savoir de quoi je suis capable pour ne pas vous laisser élever un Eagleton !

— C'est donc tout ce que Michael est pour vous ? Un nom, une promesse d'immortalité ? L'intérêt que vous lui portez est purement égoïste… Vous ne l'aimez pas.

— Les sentiments n'ont rien à voir là-dedans. Je m'en vais, maintenant ! Je suis descendue à l'hôtel Fairmont, et je vous donne deux jours pour décider si vous voulez ou non qu'éclate un scandale dont vous sortirez broyée. Les Bradley ne seraient certainement pas ravis d'apprendre vos inconduites passées. Alors soyez raisonnable, ne prenez pas le risque de perdre ce que vous êtes si habilement parvenue à acquérir.

Lorraine remit ses gants, sortit et descendit les marches du perron, au bas desquelles une limousine noire était garée. Laura n'attendit pas que le véhicule ait démarré pour refermer la porte et pousser le verrou. Elle était haletante, comme après une longue course, et la première idée qui lui traversa l'esprit fut justement de s'enfuir en courant. Elle avait défié Lorraine, mais à quoi bon se leurrer ? Les Eagleton seraient toujours les plus forts ; par la menace ou avec l'aide de la justice, ils réussiraient à lui enlever Michael… Le seul moyen de les en empêcher était de disparaître avec lui. En partant tout de suite, elle serait au Canada ce soir. Là, elle trouverait du travail, sous une nouvelle identité, et…

Non ! se dit-elle dans un brusque sursaut de révolte. Elle n'avait le droit de faire cela ni à Michael ni à Gabe. Ils formaient une famille, tous les trois ; elle menait ici la vie dont elle avait toujours rêvé, et qu'elle désirait offrir à son fils…

Mais comment se défendre contre les Eagleton ?

La réponse lui vint tout naturellement : en leur résistant, en refusant de céder. Ils voyaient toujours en elle la femme timide et docile qu'ils pouvaient manipuler à leur guise. Elle s'était enfuie une fois, et ils espéraient qu'elle allait recommencer.

C'était le but même de la visite de Lorraine, comprit-elle soudain : l'effrayer au point de la pousser à commettre un acte impulsif dont ils tireraient ensuite argument pour prouver sa fragilité mentale et obtenir la garde de Michael. Et, dans l'hypothèse où elle serait physiquement trop faible pour s'enfuir, ils pensaient qu'elle sacrifierait son fils afin d'éviter un scandale qui amènerait les Bradley à la rejeter.

Dans les deux cas, ils étaient sûrs de gagner la partie, mais c'était mal la connaître. Son amour pour Gabe et pour Michael lui donnerait la force de se battre, et avec la colère qui commençait à bouillonner en elle, elle se sentait prête à tout pour protéger les siens.

Les Eagleton allaient être surpris.

Le temps d'arriver à la galerie, la résolution de Laura s'était encore affermie. Elle venait de déposer Michael chez sa belle-mère, et même si le but de sa démarche avait changé depuis la visite de Lorraine, ces moments de liberté allaient lui être très utiles.

La galerie Trussalt se trouvait dans un bel immeuble ancien à la façade bordée de plates-bandes fleuries. Un parfum de roses et une bonne odeur de terre mouillée s'en dégageaient, et la jeune femme les respira à pleins poumons avant de pousser la porte.

La salle elle-même était vaste, et très lumineuse malgré le temps couvert grâce une grande verrière, à laquelle s'ajoutaient des rampes de spots et des appliques savamment disposées. Il y régnait un silence de cathédrale, mais le culte qui était rendu était celui de l'art, célébré par de nombreuses sculptures en marbre, en bronze ou en ivoire, et par les toiles accrochées aux murs.

Laura reconnut tout de suite l'un des tableaux de Gabe — la peinture d'un jardin laissé à l'abandon, exécutée avec une précision qui n'avait rien de romantique — et elle pensa à la fresque de la salle à manger de ses beaux-parents.

L'homme qui croyait assez aux chimères pour leur donner vie était donc également capable de regarder la réalité en face... C'était un point qu'ils avaient tous les deux en commun.

Les clients étaient peu nombreux, en cet après-midi pluvieux, et Laura aurait pu admirer tout à loisir les œuvres exposées, mais le temps pressait... Elle s'approcha du vigile posté au fond de la salle et lui expliqua :

— Je voudrais voir Gabriel Bradley.

— Ce n'est pas possible, répondit-il, mais si vous êtes intéressée par l'un de ses tableaux, Mlle Trussalt vous fournira tous les renseignements nécessaires.

— Non, il ne s'agit pas de cela. Je suis la...

— Laura ! s'écria Marion en surgissant près d'eux. Ainsi, vous vous êtes finalement décidée à venir nous rendre une petite visite !

— Il faut que je parle à Gabe.

D'un geste autoritaire de la main, Marion invita le vigile à s'éloigner, puis elle susurra :

— Vous n'avez vraiment pas de chance... Gabe n'est pas là.

— Il est parti pour la journée ?

— Non, il va revenir, mais pas avant 15 heures, c'est-à-dire dans plus de trente minutes... Vous n'avez sûrement pas envie d'attendre aussi longtemps !

L'hostilité à peine voilée de Marion n'avait plus le pouvoir d'atteindre Laura. Elle avait désormais des soucis beaucoup plus graves, un combat aux enjeux beaucoup plus élevés à mener. Il lui fallait se concentrer sur cette bataille-là, et éviter de gaspiller son énergie dans une vaine lutte d'influence avec Marion.

— Si, je vais attendre, annonça-t-elle poliment mais fermement.

— Je n'y vois pas d'inconvénient, bien sûr, mais Gabe et moi devons discuter affaires avec des clients. Ce sera très ennuyeux pour vous.

— Rien de ce qui concerne mon mari ne m'ennuie.

— Quelle épouse admirable vous faites ! Mais vous êtes un peu pâle… Vous avez des ennuis ?

La vérité apparut alors à Laura avec autant de clarté que si elle l'avait entendue de la bouche de son interlocutrice.

— C'est vous qui avez permis à Lorraine Eagleton de me retrouver, n'est-ce pas ? déclara-t-elle.

— En effet, répondit Marion sans l'ombre d'une hésitation ni la moindre trace d'embarras. Je déteste perdre du temps, et plus vite Lorraine se sera occupée de vous, plus vite je pourrai remettre Gabe sur les rails… Venez ! J'ai quelque chose à vous montrer.

Marion se dirigea vers une porte latérale qui menait à une salle plus petite, entièrement blanche. Un escalier en spirale en occupait le fond, orné de chaque côté d'immenses plantes vertes, mais ce fut le tableau suspendu à l'un des murs qui retint l'attention de Laura.

C'était le portrait d'elle réalisé par Gabe dans le chalet du Colorado.

— Cette peinture est l'une des meilleures qui me soit jamais passée entre les mains, indiqua Marion.

Elle n'est exposée que depuis trois semaines, et six acheteurs sérieux se la disputent déjà.

— Pourquoi vouliez-vous me la montrer ? Je la connais.

— Peut-être, mais je doute que vous la compreniez. Gabe l'a intitulée *L'Ange de Gabriel*.

— *L'Ange de Gabriel*, répéta Laura, la gorge nouée par l'émotion.

— Oui, et vous savez ce que cela signifie ?

— Je vous écoute.

— Que Gabe s'est amouraché de son modèle. Cela arrive parfois, et il faut s'en féliciter, car ce sentiment produit souvent de grandes œuvres d'art. C'est le cas ici, mais Gabe a trop le sens des réalités pour se complaire dans des fantasmes qui ne lui servent plus à rien. Maintenant qu'il a terminé ce portrait, il n'a plus besoin de vous.

— J'attendrai pour le croire qu'il me le dise lui-même.

— Vous n'aurez pas longtemps à attendre. D'après ce que Lorraine Eagleton m'a raconté, l'ange que Gabe voit en vous ne va pas tarder à tomber de son piédestal.

Ce rappel des menaces que la mère de Tony avait proférées redonna envie à Laura de s'enfuir, mais il lui fut cette fois beaucoup plus facile d'en écarter l'idée.

— L'un des aspects de mon travail consiste à encourager Gabe à se concentrer sur sa carrière, et à éliminer tous les obstacles qui l'en empêchent. Vous en êtes un, et l'intervention de Lorraine Eagleton me permettra de gagner du temps. Gabe comprendra ainsi plus vite l'erreur qu'il a commise en vous épousant.

— Vous oubliez quelque chose, Marion ! Que Gabe m'aime ou se soit juste amouraché de moi, il est profondément attaché à Michael.

— Il faut vraiment n'avoir aucun sens moral pour utiliser un enfant comme moyen de servir ses intérêts personnels !

— Je suis tout à fait de votre avis.

Laura plongea les yeux dans ceux de son interlocutrice et, constatant que sa remarque avait fait mouche, elle poursuivit :

— Je vais attendre mon mari ici, et vous serez aimable de l'avertir de ma présence quand il reviendra.

— Pour que vous puissiez aller pleurer sur son épaule ?

— C'est moi que Laura est venu voir, Marion, et le motif de sa visite ne te regarde pas !

Gabe se tenait sur le seuil. Aucune des deux femmes ne l'avait entendu arriver, et lorsqu'elles tournèrent la tête vers lui, il lut du défi sur le visage de Laura, et de la colère sur celui de Marion.

— Laisse-nous, s'il te plaît ! ordonna-t-il à cette dernière.

— Mais les Bridgeton seront là dans quelques minutes pour débattre du prix de…

— Je m'en moque ! Laisse-nous !

Marion lança un coup d'œil furibond à Laura avant de se diriger vers la porte et de la claquer derrière elle.

— Je suis désolée, dit Laura. Je n'ai pas pu empêcher cette querelle d'éclater.

— C'est possible, mais je n'aime pas du tout me retrouver dans la position d'une proie que se disputeraient deux rivales. Vos rôles respectifs sont parfaitement délimités : Marion s'occupe de mes affaires ; toi, tu es ma femme, et vous n'avez donc aucune raison de vous jalouser.

— Là n'est pas le problème, car si je te croyais lié à elle par des relations autres que professionnelles, je t'aurais déjà quitté.

Gabe en resta sans voix. Jamais encore Laura ne lui avait parlé avec cette froide détermination.

— Mon premier mari me trompait, ajouta-t-elle, et je ne laisserai pas l'histoire se répéter.

Le fait qu'elle le compare de nouveau à Tony Eagleton fit bouillir Gabe, mais au lieu de crier, il observa d'un ton glacial :

— Me voilà prévenu… Puis-je connaître, maintenant, le motif de ta visite ?

— Je voulais t'annoncer que je comptais aller voir un avocat demain matin.

Le cœur de Gabe s'arrêta de battre, et il eut l'impression que le sol se dérobait sous ses pieds. Laura avait l'intention de divorcer…

Cette faiblesse ne dura cependant qu'un instant. Sa colère reprit le dessus, et il s'exclama :

— Tu peux m'expliquer ?

Pour ne pas céder à l'envie de se jeter dans ses bras et d'implorer son aide, la jeune femme recula d'un pas avant de répondre :

— J'ai décidé que des mesures radicales s'imposaient,

mais comme elles vont avoir de graves conséquences, j'estime de mon devoir de t'en avertir.

— Tu es trop bonne, mais j'aimerais savoir ce qui a provoqué cette brusque décision !

— Cela devait arriver un jour, et je me souviens encore de toi me déclarant qu'il me faudrait tôt ou tard attaquer le problème de front. Eh bien, ce moment est venu : je suis prête à me battre, mais je désire te donner la possibilité de reprendre ta liberté avant que le scandale n'éclate.

Comprenant soudain qu'ils ne parlaient pas de la même chose, Gabe demanda d'une voix radoucie :

— Pourquoi as-tu besoin d'un avocat ?

— Parce que Lorraine Eagleton m'a rendu visite ce matin et qu'elle veut Michael.

Le malentendu était dissipé, mais Gabe n'eut pas le temps de s'en réjouir : une rage froide l'envahit, chassant toute autre émotion.

— Elle a osé venir t'importuner ! s'écria-t-il. Et tu étais seule à la maison… Tu as dû avoir très peur !

— Oui, mais je n'ai plus peur, maintenant. Ses menaces m'ont donné un coup de fouet, au contraire, et je ne compte pas seulement me défendre : je vais contre-attaquer.

— De quoi t'a-t-elle menacée exactement ?

— De déposer une requête pour obtenir la garde de Michael.

— En se fondant sur quels arguments ?

— Elle expliquera au juge que je suis une femme

instable, incapable d'élever correctement mon fils, et elle affirme pouvoir fournir la preuve que… que j'ai mené une vie dissolue avant et après mon mariage avec Tony.

— Comment peut-elle prouver une chose aussi fausse ?

Ainsi, Gabe ne doutait pas de sa moralité…, pensa Laura, infiniment soulagée.

— En subornant des témoins, répondit-elle. Les Eagleton n'hésitent pas à utiliser ce genre de méthode ; je les ai déjà vus à l'œuvre.

— Lorraine t'a dit où elle logeait ?

— Oui, à l'hôtel Fairmont.

— Je vais aller lui parler ! annonça Gabe en esquissant un pas vers la porte.

— Non ! Avant toute chose, je veux consulter un avocat, afin de savoir précisément ce qu'il est possible de faire par les voies légales. Nous ne pouvons pas courir le risque de nous mettre dans notre tort sous l'effet de la colère.

— C'est Lorraine qui s'est mise dans son tort en menaçant de nous prendre Michael !

— Je t'en prie, Gabe, calme-toi ! Moi aussi, j'ai failli céder à mes impulsions : après le départ de Lorraine, j'étais si terrifiée que ma première idée a été de m'enfuir sur-le-champ avec Michael.

Imaginant sa réaction s'il avait trouvé la maison vide à son retour de la galerie, Gabe sentit grandir sa fureur contre les Eagleton.

— Et pourquoi n'es-tu pas partie ? questionna-t-il.

— Parce que je t'aime trop pour t'enlever ton fils,

et que j'aime trop Michael pour le priver de son père, expliqua Laura.

Gabe scruta son visage pour essayer de pénétrer dans ses pensées les plus intimes. Etait-elle sincère quand elle disait l'aimer ?

Faute de réussir à s'en convaincre, il observa :

— Tu ne serais pas allée très loin. Je me serais lancé à ta poursuite, et je t'aurais persuadée de revenir.

— Peut-être, mais j'ai finalement résisté à la tentation, et je sais à présent ce que je dois faire — ce que je *vais* faire.

— Seule ?

— S'il le faut, mais dans l'hypothèse où Lorraine demanderait à la justice la garde de Michael, la presse en parlera et écrira sur moi des choses qui vous affecteront, tes parents et toi. Alors si tu préfères que votre nom ne soit pas mêlé à cette affaire, dis-le-moi maintenant. Je ne t'en voudrai pas.

Rien n'aurait pu décider Gabe à se séparer de Laura, il l'avait pressenti le jour où ils s'étaient rencontrés, et c'était devenu une certitude absolue quand elle lui avait posé Michael dans les bras pour la première fois.

— Où est notre fils ? déclara-t-il.

Il n'en fallut pas plus à Laura pour comprendre que Gabe avait l'intention de se battre à ses côtés.

— Chez ta mère, répondit-elle, l'âme inondée de bonheur.

— Allons le chercher, et rentrons tous les trois à la maison !

11

Laura n'arrivait pas à trouver le sommeil. Le souvenir des événements de la journée et la perspective de ceux du lendemain la tenaient éveillée.

A peine étaient-ils revenus de Nob Hill avec Michael que Gabe avait téléphoné à son avocat et obtenu qu'il vienne les voir le soir même. Lorsqu'ils avaient été tous les trois assis dans le salon et que Me Quartermain lui avait demandé de lui exposer toute l'affaire, la jeune femme avait d'abord trouvé difficile de raconter sa vie à un parfait inconnu, mais, bizarrement, les questions qu'il lui posait, les détails qu'il exigeait, avaient fini par la détendre ; c'était comme si elle parlait de quelqu'un d'autre et prenait ainsi le recul nécessaire pour considérer les faits de façon objective.

Avocat de la famille Bradley depuis quarante ans, Matthew Quartermain était un peu bourru, mais rien ne semblait posséder le pouvoir de le choquer. Il avait pris des notes, sans faire aucun commentaire, et, parce qu'elle ne se sentait ni plainte ni jugée,

Laura avait pu pour la première fois donner un récit complet de son histoire.

La honte l'en avait jusque-là empêchée, mais, une fois mis en mots tout ce qui la tourmentait faute d'avoir été dit, elle avait éprouvé un merveilleux sentiment de libération. Le cœur et l'esprit enfin délivrés de leur fardeau de secrets, elle avait vu s'ouvrir devant elle un avenir sur lequel le passé ne viendrait plus jamais jeter aucune ombre.

Au terme de leur conversation, elle avait annoncé à Me Quartermain sa décision de proposer à Lorraine Eagleton un accord à l'amiable. Il avait essayé de l'en dissuader, mais elle était restée inflexible : si elle réussissait à raisonner Lorraine, un scandale qui rejaillirait sur son mari et ses beaux-parents serait évité.

Et cette ultime tentative de conciliation aurait lieu le lendemain...

Allongé près de Laura, Gabe ne dormait pas, lui non plus. Comme elle, il repensait à la visite de Matthew Quartermain, et sa fureur ne cessait de croître. Pendant cet entretien, Laura avait révélé des faits qu'il ignorait, et donné sur d'autres des détails qu'elle lui avait dissimulés. Il croyait jusque-là comprendre ce qu'elle avait enduré, et ne pouvoir en éprouver plus de colère... Il se trompait.

Laura ne lui avait pas parlé, par exemple, de l'œil tuméfié qui lui avait interdit de sortir de chez elle pendant une semaine entière. Ni de cette lèvre fendue que Lorraine Eagleton avait mise sur le compte de la maladresse de sa belle-fille pour cacher à leurs relations les brutalités de son fils. Ni des retours quasi quotidiens, au milieu de la nuit, d'un mari ivre qui ne la frappait pas seulement, mais la forçait également à faire l'amour avec lui. Il ne savait pas non plus que Tony Eagleton était d'une jalousie maladive et l'avait menacée de mort quand elle avait finalement trouvé le courage de le quitter.

Tout cela — et d'autres choses encore —, Gabe ne l'avait appris que ce soir, et il se demandait comment Laura pourrait jamais l'oublier, alors qu'il n'était pas certain, lui, de le pouvoir.

Elle lui avait dit qu'elle l'aimait, mais son envie de la croire se heurtait à l'idée qu'il était impossible à la victime de telles maltraitances de faire de nouveau confiance à un homme. Quant à l'aimer…

Non, il n'aurait jamais de Laura que de la gratitude, du dévouement, et leur attachement commun à Michael cimenterait leur union. Même si c'était plus qu'il n'était donné à de nombreuses personnes d'avoir, Gabe avait caressé l'espoir d'y ajouter un amour partagé. Ce qu'il avait entendu ce soir avait cependant anéanti ce rêve. Il ne savait même pas s'il oserait encore toucher Laura.

Comme pour le mettre à l'épreuve, cette dernière se serra alors contre lui. Il se raidit, et elle murmura :

— Excuse-moi… Je t'ai réveillé ?

— Non, répondit-il.

Puis il s'écarta pour que leurs corps ne soient plus en contact, mais elle se rapprocha de nouveau de lui et posa la tête sur son épaule. Ce geste le plongea dans des affres pires encore que celles endurées pendant les premières semaines de leur mariage : il brûlait toujours de désir pour elle, il savait à présent à quel degré de plaisir elle pouvait l'amener, mais la crainte de lui rappeler les terribles souvenirs qu'elle avait évoqués le paralysait.

— Je n'arrive pas à dormir, moi non plus, indiqua-t-elle. Je suis aussi fatiguée que si j'avais couru un marathon, mais l'idée de ce qui va se passer demain me met le cerveau en ébullition.

— Tâche de ne plus y penser.

— J'aimerais bien !

Laura se redressa pour écarter ses cheveux de son visage, se blottit ensuite de nouveau contre Gabe, et elle le sentit alors esquisser un léger mouvement de recul.

Avait-elle baissé dans son estime, maintenant qu'il connaissait toute son histoire ? se demanda-t-elle, le cœur serré.

— Ne te tracasse pas, déclara-t-il. Tout ira bien.

— Je serai sûrement moins nerveuse quand j'y serai, mais là, je tourne et je retourne dans ma tête ce que je dirai à Lorraine, j'ai peur de ne pas…

Des cris venant de la nurserie interrompirent Laura.

— Je vais voir ce qu'il a, annonça aussitôt Gabe.

— Apporte-le-moi, s'il a faim. Je le nourrirai ici.

La hâte avec laquelle Gabe sortit du lit augmenta l'inquiétude de la jeune femme : lui répugnait-elle à ce point, pour qu'il soit si impatient de quitter ses bras ?

Les pleurs de Michael s'arrêtèrent quelques instants plus tard, reprirent de plus belle peu de temps après…

Laura entendait son mari parler au bébé d'une voix douce, et ses doutes se dissipèrent peu à peu ; les manières brusques de Gabe ne reflétaient en rien sa nature profonde. Il avait des mouvements d'humeur, mais c'était un homme foncièrement tendre et généreux — l'antithèse de Tony, dont les dehors aimables dissimulaient un caractère narcissique et violent.

Non, Gabe était trop sensible pour ne pas faire la part des choses, pour mépriser la victime plutôt que le bourreau, et elle n'avait donc pas baissé dans son estime. Sa nervosité de ce soir était juste due aux craintes que lui inspirait à lui aussi l'entrevue du lendemain avec Lorraine Eagleton.

Les cris perçants que poussait maintenant Michael firent comprendre à Laura l'origine du problème, et quand Gabe regagna la chambre avec leur fils dans les bras, elle expliqua en allumant la lampe de chevet :

— Il perce une dent. Donne-le-moi ! Je vais l'allaiter, cela le calmera peut-être.

Gabe obéit, mais au lieu de se recoucher comme elle l'espérait, il se dirigea vers la fenêtre et se plongea dans la contemplation du jardin, faiblement éclairé par les rayons de la lune.

Le remède imaginé par la jeune femme fut efficace. Les hurlements de Michael cédèrent la place à de petits cris plaintifs, puis à un bienheureux silence.

— Gabe ?

— Oui ?

— J'ai un marché à te proposer. Dis-moi ce qui te tracasse, pose-moi toutes les questions que tu veux, et j'y répondrai franchement. Ce sera ensuite à mon tour de t'en poser une.

— L'interrogatoire auquel Me Quartermain t'a soumise ne t'a pas suffi ?

C'était donc ça..., songea Laura. Le récit de ses malheurs avait révolté Gabe, et il n'arrivait ni à exprimer ni à surmonter son indignation.

Elle se cala plus confortablement contre l'oreiller et déclara :

— Ce que tu as appris ce soir sur moi t'a bouleversé ?

— Evidemment ! Tu ne pensais tout de même pas que j'allais y rester indifférent !

— J'aurais préféré ne pas en parler devant toi, mais...

— Le problème n'est pas là ! Que je les connaisse ou non, ces brutalités ont eu lieu, et je me demande comment tu peux encore laisser un homme te toucher.

— Tu m'as souvent reproché de te comparer à Tony, et à juste titre, alors ne fais pas la même chose. Il est vrai qu'à une certaine époque, la seule vue d'un homme me donnait envie de m'enfuir en courant, mais je suis parvenue à maîtriser cette peur irraisonnée en écoutant des femmes qui avaient vécu la même expérience et réussi à prendre un nouveau départ. Le seul fait de savoir que c'était possible m'a été d'un grand secours. J'admets aussi avoir éprouvé de l'appréhension à l'idée de consommer notre mariage ; je craignais que l'ombre du passé ne s'interpose entre nous, mais je me trompais. Quand je suis dans tes bras, je ne pense qu'à toi, et je ne me sens ni souillée ni asservie, mais traitée en égale.

Pendant que Laura parlait, Gabe s'était mis à marcher de long en large dans la pièce. Elle lui tendit la main, mais il ignora son geste et s'écria, les poings serrés :

— Si Tony Eagleton était encore vivant, je le tuerais de mes propres mains ! Je regrette presque qu'il soit déjà mort !

— Ne dis pas cela ! C'était un déséquilibré, je m'en rends compte seulement maintenant, mais j'aurais dû le comprendre bien avant, et ne pas attendre si longtemps pour le quitter.

— Tu avais peur et tu étais seule au monde... Il est normal que tu aies hésité à partir.

— Non, j'aurais pu aller me réfugier chez Geoffrey. Je sais qu'il m'aurait aidée, mais je ne l'ai pas fait parce que j'avais trop honte, et trop peu confiance en moi. Ma grossesse m'a finalement permis de me rebeller : je devais désormais protéger l'enfant qui grandissait en moi. C'est à ce moment-là que j'ai commencé à remonter la pente, mais tu as été le meilleur des remèdes contre le dégoût que j'avais de moi-même, en me permettant de redevenir une femme à mes propres yeux.

Gabe garda le silence, et Laura chercha désespérément les mots qui l'apaiseraient, qui le convaincraient de tourner, lui aussi, la page.

— Ni toi ni moi n'avons le pouvoir de modifier le passé, reprit-elle, mais nous ne devons pas le laisser détruire ce que nous avons réussi à construire ensemble.

— Quand tu as parlé de consulter un avocat, cet après-midi, j'ai cru que tu voulais divorcer, déclara Gabe d'un ton pensif.

— Divorcer ?

— Oui, et j'ai eu l'impression que tout s'écroulait autour de moi. Je n'arrivais pas à imaginer mon existence sans toi.

— Il te serait resté mon portrait, souligna la jeune femme, songeant à la remarque de Marion sur les artistes qui s'amourachaient de leur modèle.

— Il n'aurait fait que me rappeler ton absence. J'ai peut-être changé ta vie, mon ange, mais pas plus que tu n'as changé la mienne.

— Rassure-toi, jamais je ne te quitterai. Je t'aime, Gabe. Michael et toi êtes ce que j'ai de plus précieux au monde.

Parce qu'elle se gardait encore d'espérer que Gabe partage ses sentiments, Laura n'attendait pas de lui des mots d'amour. Il se contenta en effet de venir s'asseoir près d'elle et de lui prendre la main, mais ce geste lui dit au moins qu'il n'avait plus peur de la toucher.

— J'ai besoin de toi, murmura-t-il. Trop, peut-être…

— Pas de mon point de vue à moi.

— Le bébé s'est endormi… Je vais le coucher, et nous serons ensuite plus tranquilles pour… discuter.

Devinant ce que cachait cet euphémisme, Laura obéit en souriant, mais Michael se réveilla et se remit à pleurer dès que Gabe le souleva.

Ils le bercèrent, lui appliquèrent du baume sur les gencives, le promenèrent chacun leur tour… En vain : à peine le posaient-ils dans son berceau que ses cris reprenaient, et il fallait alors tout recommencer.

— Il est inutile que nous soyons deux à veiller, finit par observer Laura. Va te recoucher !

— Non, vas-y, toi !

— Comme nous ne céderons ni l'un ni l'autre, nous allons devoir trouver un compromis.

— D'accord ! Tu vas t'asseoir dans le rocking-chair pendant que j'essaie encore de calmer ce petit monstre, et si je n'y suis pas parvenu dans un quart d'heure, nous inverserons les rôles.

Trop fatiguée pour argumenter, la jeune femme s'exécuta. Elle se lova dans le fauteuil et ferma les yeux pendant que Gabe poursuivait :

— Il m'est arrivé, dans ma folle jeunesse, de passer une nuit blanche à boire, jouer aux cartes ou me livrer à d'autres formes de divertissement, mais jamais je ne me suis senti aussi fourbu qu'en ce moment.

— Quand Michael sera grand, nous nous rappellerons pourtant avec nostalgie ces heures d'insomnie… et celles qui nous attendent encore.

— Merci de me remonter le moral !

Michael ne pleurant plus depuis au moins trente secondes, Gabe alla se pencher sur le berceau, plein d'espoir. Il vit que le bébé commençait à s'assoupir, mais il resta près de lui, en retenant son souffle, de peur de le réveiller, le temps qu'il soit complètement endormi.

Gabe recula sur la pointe des pieds, puis se tourna vers Laura, le doigt posé sur la bouche pour lui demander de ne faire aucun bruit, mais c'était une précaution inutile : elle dormait aussi profondément que leur fils, les jambes repliées sous elle dans une position qui devait être très inconfortable. Il la souleva dans ses bras et la porta dans leur chambre, mais elle ouvrit alors les yeux et, au lieu de se diriger vers le lit, il s'approcha de la fenêtre et murmura :

— Le soleil se lève... Regarde comme c'est beau !

L'aurore transformait le ciel en une toile où un pinceau invisible aurait étalé des couleurs toujours changeantes. Au fil des minutes, les gris devenaient mauves, les bleus se paraient d'or et les roses se métamorphosaient en rouges de plus en plus éclatants.

Laura contemplait ce magnifique spectacle avec le sentiment de vivre l'un des moments les plus importants de son mariage. Pour la première fois, Gabe lui faisait partager ses émotions de peintre et lui permettait ainsi de pénétrer dans son jardin secret. Sa chaleur l'enveloppait, ses bras musclés la tenaient serrée contre lui dans une étreinte à la fois tendre et ferme, leurs cœurs battaient à l'unisson dans un silence complice, et elle sut alors, sans qu'il eût besoin de le dire, que sa colère contre Tony l'avait quitté. Comme elle, il avait décidé de se tourner vers l'avenir, et le dernier obstacle serait levé quand il aurait assez confiance en elle pour lui parler de son frère disparu.

Ils seraient ensuite libérés des fantômes du passé, et la vie, *leur* vie, reprendrait tous ses droits.

Gabe sentait se répandre en lui une onde tiède qui se faufilait peu à peu dans les recoins de son âme, où soufflait encore le vent glacé du chagrin et des remords. Laura lui avait de nouveau déclaré son amour, et il la croyait, maintenant. L'intensité de la communion qui les unissait en cet instant, au-delà des mots, au-delà des gestes, ne pouvait venir que de l'élan de deux cœurs au diapason l'un de l'autre. Il se rendait compte qu'il n'avait pas encore pleinement mesuré la profondeur de ses sentiments pour elle. Il avait d'abord admis la désirer, puis l'aimer, mais il comprenait pour la première fois qu'elle était à lui comme aucune femme ne pourrait jamais l'être, et lui à elle comme aucun homme ne pourrait jamais l'être.

Et quand ils firent l'amour, un peu plus tard, ce fut lentement, voluptueusement, avec de doux soupirs et de tendres murmures plutôt que dans la fièvre et l'urgence de la passion. Ils s'endormirent ensuite, étroitement enlacés, baignant dans la lumière du jour qu'ensemble ils avaient vu naître, et qui avait à présent chassé les dernières ombres de la nuit.

— Je sais que j'ai raison d'essayer de trouver un accord avec Lorraine, déclara Laura à Gabe en sortant de l'ascenseur de l'hôtel Fairmont, et c'est moi qui en dicterai les conditions, mais je suis tout de même contente que tu sois là !

— Tu peux encore me laisser mener seul cet entretien. Le fait de la revoir risque de te déstabiliser.

— Non, je dois me prouver à moi-même que je suis capable de l'affronter. J'en ai besoin, mais…

— Mais ?

— Ne perds pas ton sang-froid, je t'en prie ! Des cris et des reproches auraient pour seul résultat de la braquer.

— Je ne crie jamais ! protesta Gabe. J'élève juste

un peu la voix de temps en temps, pour obliger les gens à m'écouter.

Sa mauvaise foi amusa Laura, mais toute sa nervosité revint quand ils s'arrêtèrent devant la porte de la chambre. Après un instant d'hésitation, elle frappa, et Lorraine leur ouvrit, le visage plus sévère et l'air plus hautain que jamais. Elle salua la jeune femme d'un bref signe de tête, puis se tourna vers Gabe.

— Ravie de faire votre connaissance, monsieur Bradley… Laura ne m'avait pas dit que vous l'accompagneriez.

— Tout ce qui concerne Laura et Michael me concerne aussi, madame Eagleton, indiqua Gabe avant d'entrer sans attendre d'y être invité.

— Cette sollicitude vous honore, susurra Lorraine, mais ce sont des problèmes familiaux que Laura et moi avons à régler. J'espère que vous le comprendrez…

— Je le comprends parfaitement, et cela me donne d'autant plus de raisons de rester, car ma femme, mon fils et moi formons une famille.

Gabe et Lorraine se défièrent du regard, et ce fut la seconde qui baissa les yeux la première.

— Si vous insistez…, déclara-t-elle. Asseyez-vous, je vous en prie ! Je vais commander du thé.

— Ne prenez pas cette peine, dit Laura. Cet entretien ne devrait pas durer très longtemps.

— Comme vous voudrez.

Après avoir refermé la porte et pris place dans un fauteuil, face à ses visiteurs, Lorraine expliqua :

— Mon mari aurait aimé être là, mais ses affaires l'ont empêché de faire le voyage. Je tiens cependant à préciser que je parle en notre nom à tous les deux, et que ma position n'a pas changé depuis hier : j'ai toujours l'intention d'emmener le fils de Tony à Boston, et de lui donner l'éducation qui convient à un Eagleton.

— Et moi, je vous répète que c'est hors de question, répliqua Laura. Michael est une personne, madame Eagleton, et non un bien que Tony vous aurait légué. Il a ici tout ce dont il a besoin : deux parents qui l'aiment, et l'assurance de ne jamais manquer de rien sur le plan matériel. C'est un très bel enfant, plein de vie et de santé, et cela devrait suffire à vous rendre heureuse. En tant que grand-mère, vous êtes naturellement en droit d'avoir des contacts avec lui, et je suis prête à discuter des droits de visite…

— Nous discuterons en effet de droits de visite, coupa Lorraine, mais pas des miens, des vôtres ! Et si j'ai voix au chapitre, ils seront extrêmement limités !

Puis elle se tourna vers Gabe et enchaîna :

— Vous n'avez sûrement pas envie d'élever l'enfant d'un autre, monsieur Bradley… Il n'est pas de votre sang, et s'il porte votre nom, c'est uniquement parce que vous avez épousé sa mère avant sa naissance et, pour une raison qui m'échappe, déclaré à l'état civil que vous étiez son père biologique.

Gabe prit une cigarette et l'alluma sans se presser. Laura l'avait supplié de ne pas perdre son sang-froid et, bien qu'il se sût incapable de contenir longtemps sa colère, il ne voulait pas la laisser éclater trop vite.

— Il y a beaucoup de choses qui vous échappent, madame Eagleton, se borna-t-il à souligner.

— J'imagine que vous avez de l'affection pour Laura, observa Lorraine d'un ton presque indulgent. Tony en avait, lui aussi.

Ces mots manquèrent faire oublier à Gabe ses bonnes résolutions, mais il parvint à n'exprimer sa fureur qu'en foudroyant son interlocutrice du regard et en ripostant d'une voix sèche :

— Je vous interdis de comparer mes sentiments pour Laura avec ceux de votre fils !

Lorraine tressaillit, mais elle se reprit aussitôt et remarqua posément :

— J'ignore ce qu'elle vous a dit…

— La vérité ! s'écria Laura en posant la main sur le bras de Gabe pour l'empêcher de parler à sa place. Je lui ai dit que Tony était un déséquilibré, et vous le saviez très bien, mais vous avez préféré fermer les yeux sur ses dérèglements plutôt que de l'admettre.

— Je ne resterai pas une minute de plus à vous écouter calomnier mon fils ! Cette conversation est terminée ! Partez tout de suite !

— Non, vous allez m'écouter ! Vous vous y êtes refusée, quand j'avais désespérément besoin d'aide, et vous avez même refusé d'entendre les appels au secours que vous lançait Tony en poussant toujours plus loin ses excès de toutes sortes… Vous étiez au courant de son alcoolisme, de ses infidélités et des violences qu'il m'infligeait, mais vous avez fait comme si de rien n'était, et votre silence ne vous a pas seulement rendue complice de ses actes, il l'a aussi privé des soins qui, à terme, auraient pu le guérir.

— Ce qui se passait entre Tony et vous ne me regardait pas.

— Libre à vous de vous donner ainsi bonne conscience, mais je vous préviens, Lorraine : si vous ouvrez la boîte de Pandore, ne vous étonnez pas de voir en sortir des choses que vous auriez voulu garder secrètes.

C'était la première fois que Laura appelait Lorraine Eagleton par son prénom, et l'intéressée parut comprendre ce que cela signifiait : la femme craintive et malléable d'autrefois avait relevé la tête et se considérait désormais comme son égale.

— Vos menaces ne m'impressionnent pas, déclara-t-elle néanmoins. La justice n'aura aucun mal à déterminer qui, d'une aventurière aux mœurs dissolues ou de grands-parents honorablement connus, est le plus apte à élever un Eagleton !

— Je vous déconseille d'insulter de nouveau ma femme, intervint Gabe, sinon ce sont plus que des menaces qui vous attendent.

Le sentant sur le point de perdre son calme, Laura l'invita à se maîtriser en lui prenant la main et en la serrant dans la sienne.

— Vous n'avez plus le pouvoir ni de m'effrayer ni de me manipuler, Lorraine, souligna-t-elle. Vous savez très bien que j'étais fidèle à Tony.

— Ce n'est pas ce qu'il disait !

— Alors comment pouvez-vous être sûre que Michael est son fils ?

Un lourd silence accueillit cette remarque. Laura ouvrit la bouche pour protester, mais un froncement de sourcils de Gabe l'en dissuada. Lorraine avait pâli, et ce fut d'une voix mal assurée qu'elle finit par répondre :

— J'en suis sûre parce que Laura est trop…

— Ah bon ? Voilà qui est étrange…, susurra Gabe. Vous avez l'intention de prouver qu'elle trompait son mari, mais vous excluez totalement la possibilité qu'elle ait été enceinte d'un autre homme que Tony… Il y a là une contradiction qu'aucun juge ne manquera de relever.

— Un test ADN suffira à établir si Tony est ou non le père de cet enfant, et je le ferai faire ! Vous ne croyez tout de même pas que je vais élever un bâtard !

— Ce test montrera que Michael est bien votre petit-fils, indiqua Laura, mais cela ne vous empêchera pas de continuer à le considérer comme une chose, et non comme une personne. Vous ne voulez pas nous le prendre parce que vous pensez qu'il sera plus heureux avec vous, mais par pur égoïsme.

— Qu'en savez-vous ? rétorqua Lorraine.

— C'est très simple. Vous ne vous êtes jamais enquise de sa santé, vous n'avez jamais demandé à le voir, ne serait-ce qu'en photo, pas une fois je ne vous ai entendue l'appeler par son prénom… Cela confirme ce que je vous ai dit hier : vous ne l'aimez pas, et ma décision est prise, maintenant. Il n'est plus question d'accord à l'amiable, c'est désormais à la justice de trancher. Gabe et moi avons déjà mis notre avocat au courant de la situation, nous nous battrons, et nous gagnerons ! Et dans l'intervalle, je serai allée raconter aux médias l'enfer que m'ont fait vivre les grands Eagleton de Boston !

Les mains de Lorraine se crispèrent sur les bras de son fauteuil.

— Vous n'en aurez pas le courage, déclara-t-elle.

— Si ! Quand il s'agit de protéger mon fils, je suis prête à tout.

— Admettons, mais qui vous croira ? Mon mari et moi nierons tout en bloc, et ce sera votre parole contre la nôtre.

— Je ne suis pas inquiète. Les gens reconnaîtront dans mes propos l'accent de la vérité.

Les mâchoires serrées, Lorraine se tourna vers Gabe.

— Vous avez conscience du tort que cette publicité va vous causer, monsieur Bradley ? Vous avez vraiment envie de voir votre réputation et celle de vos parents ternie à cause d'une femme et d'un enfant qui n'est même pas de votre sang ?

— Ma réputation m'indiffère, répondit Gabe. Quant à mes parents, l'hypocrisie leur a toujours fait horreur, et ils se réjouissent à l'idée que la vôtre éclate au grand jour.

— Ecoutez, Lorraine, intervint Laura, vous avez perdu votre fils et je compatis à votre douleur, mais je ne vous laisserai pas le remplacer par le mien. Je paierai le prix qu'il faudra pour défendre les véritables intérêts de Michael, mais vous aussi.

— Votre avocat peut prendre contact avec nous, si vous décidez d'aller jusqu'au procès, madame Eagleton, dit Gabe en se levant, imité par Laura. Permettez-moi cependant de vous rappeler que vous n'avez plus en face de vous une jeune femme sans ressources et seule au monde, mais la famille Bradley tout entière.

Dès qu'ils furent dans le couloir, il passa un bras autour des épaules de Laura et, la sentant trembler, il la serra plus fort contre lui.

— Tu m'as impressionné, mon ange, déclara-t-il. Je doute que personne ait jamais remis Lorraine à sa place comme tu viens de le faire.

— Ça n'a pas été aussi difficile que je le pensais, expliqua Laura, rouge de fierté. Elle me terrifiait, autrefois, mais j'ai pitié d'elle, maintenant. C'est une femme très malheureuse, qui se raccroche à son sens de l'honneur familial pour ne pas sombrer.

— L'honneur n'a rien à voir là-dedans !

— Non, mais c'est ainsi que les choses lui apparaissent, à elle.

Main dans la main, ils se dirigèrent vers l'ascenseur et, quand ils eurent regagné le hall de l'hôtel, Gabe suggéra avec un tendre sourire :

— Je te propose d'oublier Lorraine Eagleton pour aujourd'hui. Nous pourrons très bientôt l'oublier pour toujours, mais en attendant, je connais un petit restaurant, pas loin d'ici, où les gens paient très cher pour s'asseoir sur des chaises inconfortables et être assourdis par le vacarme ambiant.

— Comment résister à une offre aussi tentante ? s'écria Laura en riant. Mais il est encore trop tôt pour dîner.

— Qui te parle de dîner ? Nous allons nous installer sur la terrasse, et je regarderai tous les hommes dévorer des yeux ma ravissante épouse pendant que nous viderons une bouteille de champagne.

— Tu ne crois pas que nous devrions attendre d'être assurés de notre victoire pour l'arroser ?

— Nous gagnerons, tu l'as dit toi-même, et nous fêterons aussi cet événement au champagne, le moment venu. C'est à la métamorphose d'un ange en dragon que je veux boire aujourd'hui.

— Et si l'ange ne revenait jamais ? demanda la jeune femme d'un air malicieux. Si tu devais passer le restant de tes jours avec un dragon ?

— Je connais un moyen d'apprivoiser les dragons…

Et Gabe embrassa Laura, sans se soucier des personnes qui les entouraient. Et quand il s'arrêta, Laura ne se sentait ni ange ni dragon, mais merveilleusement femme.

12

— Vous avez l'air épuisée, observa Amanda en pénétrant dans le vestibule.

— Michael perce une dent, expliqua Laura, mais il vient enfin de s'endormir et, avec un peu de chance, il ne se réveillera pas avant une heure.

— Vous auriez dû en profiter pour aller vous reposer.

— Je l'aurais fait si vous n'aviez pas téléphoné pour m'annoncer votre visite.

— C'est vrai, admit Amanda sans juger utile de s'excuser, mais rassurez-vous, je ne resterai pas longtemps… Gabe est là ?

— Non, il est sorti. Vous voulez boire quelque chose ? Un café, ou une boisson fraîche ?

— Rien, merci. Venez plutôt vous asseoir avec moi dans le salon. Vous tenez à peine debout !

Laura appréciait maintenant le franc-parler de sa belle-mère. Amanda pouvait être brusque, voire tranchante, mais, contrairement à la plupart des gens, elle avait l'immense mérite de dire ce qu'elle pensait, et de penser ce qu'elle disait. La jeune femme la suivit donc docilement et s'installa en face d'elle dans un fauteuil.

— Comment va Gabe ? déclara Amanda.

— Il ne dort pas beaucoup en ce moment, lui non plus.

— Vous avez eu des nouvelles de Lorraine Eagleton ou de son avocat ?

— Aucune.

— Et ça vous inquiète, j'imagine ?

— Oui. Je ne peux pas m'empêcher de voir dans ce silence le calme qui précède la tempête.

— La tempête étant le procès dont elle vous a menacée ?

— Exactement.

— Et cette perspective vous effraie ?

— Un peu, mais je me battrai, et je n'hésiterai pas à révéler aux médias le vrai visage des Eagleton, comme je l'ai annoncé à Lorraine.

— C'est tout ce que je voulais entendre, et quand cette affaire sera enfin réglée, vous pourrez passer à la suite.

— La suite ?

— Oui, vous devrez décider de ce que vous allez faire de votre vie.

— Elle est déjà toute tracée, il me semble.

— Vraiment ? Gabe a sa peinture, mais vous, qu'avez-vous, à part Michael ? La maternité apporte de grandes joies, mais elle ne permet pas à toutes les femmes de se réaliser pleinement, et je vois en vous des possibilités qui resteront inexploitées, même si vous donnez à Michael toute une ribambelle de frères et de sœurs.

Cette remarque tira Laura de la torpeur dans laquelle le seul fait d'être assise l'avait plongée. Gabe et elle n'avaient encore jamais parlé d'avoir d'autres enfants... En désirait-il ? Et elle ?

La réponse à cette dernière question lui vint aussitôt. A la seule idée de porter l'enfant de Gabe, une joie immense lui gonfla le cœur.

— Ayant passé plus de vingt ans sous le même toit que Gabe, reprit Amanda, je connais ses habitudes. Je sais qu'il peut s'enfermer dans son atelier et ne plus en sortir pendant des journées entières.

— C'est un grand artiste, et je trouve normal de m'effacer quand il travaille.

— Sans doute, mais vous avez, vous aussi, des capacités qu'il serait dommage de sacrifier en vous consacrant uniquement à votre famille.

Amanda ouvrit son sac à main et en sortit une carte qu'elle posa sur la table avant de poursuivre :

— Il y a en ville une association qui s'occupe de femmes battues. C'est une petite structure dont les moyens financiers sont malheureusement très limités. Je compte la subventionner, mais elle a également besoin de bénévoles pour écouter, soutenir et conseiller les victimes de violences conjugales.

— Je ne suis pas psychologue.

— Non, mais vous avez connu le même genre d'épreuve, et cela vaut tous les diplômes.

Les quelques réunions d'organisations similaires auxquelles Laura avait assisté l'avaient beaucoup aidée, et l'idée de mettre son expérience au service des autres la tentait, mais l'effrayait aussi un peu.

— Je ne sais pas, murmura-t-elle. Je…

— Contentez-vous pour l'instant d'y réfléchir. Je vous laisse, à présent.

— Non, attendez ! Comment se fait-il que vous ayez la carte de cette association ?

— Cliff et moi y sommes allés hier.

— Pourquoi ?

— Parce que nous voulions mieux comprendre une personne de notre entourage que nous aimons beaucoup… Non, ne vous levez pas ! Je connais le chemin… Embrassez Gabe de ma part, et dites-lui que son père se demande s'il aura jamais le plaisir de jouer de nouveau au poker avec lui. Il adore perdre de l'argent !

— Entendu, et merci, Amanda. Je n'ai pas eu de mère, et celle que je me suis inventée ne vous ressemblait pas du tout, mais je commence à penser que j'ai gagné au change.

— Et moi qui ai toujours regretté de ne pas avoir eu de fille, je suis ravie d'en avoir trouvé une.

A peine Amanda avait-elle quitté la pièce que les paupières de Laura se fermèrent et qu'elle sombra dans un profond sommeil.

Lorsque Gabe pénétra dans le salon, il vit Laura endormie dans un fauteuil. Elle était si belle qu'il aurait aimé avoir son carnet à croquis pour pouvoir la dessiner, mais il n'avait pas la force d'aller le chercher.

Après avoir posé contre le mur le gros paquet qu'il avait rapporté, il s'installa dans le canapé, allongea les jambes et s'assoupit aussitôt.

Les pleurs du bébé les réveillèrent tous les deux. Gabe poussa un grognement, mais ne bougea pas, et Laura, après être restée un moment à se demander ce qu'il faisait là, se leva avec effort et se rendit au premier étage.

Gabe la rejoignit dans la nurserie au moment où elle finissait de changer Michael, et il dit d'un air goguenard :

— J'arrive trop tard pour te proposer d'effectuer cette noble tâche à ta place.

— Dis plutôt que tu as attendu pour monter d'être sûr que je m'en serais chargée ! répliqua la jeune femme avec un sourire indulgent. Depuis combien de temps es-tu rentré ?

— Assez longtemps pour m'apercevoir que mon épouse n'a rien de mieux à faire que de se prélasser dans un fauteuil toute la journée.

Ignorant la moue faussement indignée de Laura, Gabe prit Michael dans ses bras et déclara :

— Si nous le tenons éveillé jusqu'à ce soir, tu penses qu'il nous laissera dormir cette nuit ?

— Je n'en sais rien, mais ça vaut la peine d'essayer.

Gabe s'assit alors par terre et se mit à chatouiller, à soulever dans les airs et à amuser par toutes sortes de jeux le bébé qui riait aux éclats. Ce spectacle attendrissant redonna de l'énergie à Laura.

— Tu étais vraiment fait pour être père, dit-elle en allant s'asseoir près de Gabe.

— Je n'y avais jamais songé avant, mais je reconnais que la paternité a ses bons côtés.

— Ta mère est venue, pendant que tu étais sorti, et elle m'a laissé les coordonnées d'une association qui s'occupe de femmes battues.

— Elle estime que tu as encore besoin de soutien psychologique ?

— Non, elle m'a au contraire suggéré d'intégrer cette structure en tant que conseillère bénévole.

— Tu ne crains pas de réveiller ainsi tous tes mauvais souvenirs ?

— Non. Plus j'y pense, plus je désire aider ces femmes en leur montrant qu'il est possible de retrouver l'estime de soi-même et la capacité d'aller de l'avant.

— Je croyais que tu reprendrais un jour ton métier de mannequin.

— Non, je n'en ai aucune envie. Si je suis la suggestion de ta mère, je me sentirai vraiment utile, mais je voulais d'abord t'en parler.

— Pour que je te donne ma bénédiction ? Tu n'en as pas besoin.

— J'aimerais pourtant l'avoir.

— Tu l'as, à condition que tu ne présumes pas de tes forces.

Laura sourit. Gabe la considérait toujours comme une petite chose fragile — beaucoup plus fragile qu'elle ne l'avait jamais été.

— Tu me sous-estimes, dit-elle, et cela me prouve que nous ne nous connaissons pas encore très bien, tous les deux.

— Je sais que tu passes des heures dans ton bain, et que tu dors toujours la fenêtre ouverte.

— Non, je suis sérieuse, Gabe ! L'autre nuit, je t'ai proposé un marché : tu me poserais toutes les questions que tu voudrais, j'y répondrais franchement, et ce serait ensuite à mon tour de te demander quelque chose… Tu te rappelles ?

— Oui.

— Eh bien, mon tour n'est jamais venu.

Plus fatigué que Michael par leurs jeux, Gabe le cala sur ses genoux, lui donna un anneau en caoutchouc à mâchonner et s'adossa au divan.

— Je t'écoute, indiqua-t-il.

— Le jour de l'orage, en allant fermer les fenêtres de ton atelier, j'ai vu des tableaux empilés contre les murs, et je me suis permis de les regarder. Je n'aurais peut-être pas dû…

— Ce n'est pas grave.

— Il y en a un en particulier qui a retenu mon attention : le portrait de ton frère. J'aimerais que tu me parles de lui.

Gabe resta si longtemps silencieux que Laura faillit lui dire qu'il n'était pas obligé de répondre, que c'était sans importance… Mais elle aurait menti. C'était très important, au contraire, car elle avait la certitude que la mort de son frère hantait toujours Gabe, que c'était la raison de son long séjour dans le Colorado et de sa réticence, même après tout ce temps, à exposer ses œuvres.

— Tu dois me faire confiance comme je t'ai fait confiance en remettant ma vie et celle de Michael entre tes mains, murmura-t-elle, sinon nous serons toujours des étrangers l'un pour l'autre.

Sa prière fut enfin entendue. Gabe tressaillit, l'air de sortir d'un rêve éveillé, et déclara d'une voix d'abord étranglée, puis de plus en plus ferme :

— Mon frère avait trois ans de moins que moi. Enfants, nous nous entendions assez bien mais uniquement parce qu'il avait un caractère accommodant et parvenait à désamorcer mes colères d'un simple sourire. Il possédait un don inné pour régler les conflits qui l'a tout naturellement amené à devenir avocat. Mais au lieu de se spécialiser en droit privé, ce qui lui aurait permis de gagner beaucoup d'argent, il est entré au bureau d'aide juridictionnelle de Washington.

» Les mauvaises langues n'ont pas manqué de dire qu'il avait assez de fortune personnelle pour se contenter d'un salaire de fonctionnaire, mais je sais, moi, qu'il aurait de toute façon choisi cette voie. Avec ou sans portefeuille d'actions pour assurer ses revenus, sa générosité l'aurait poussé à aider les plus pauvres. Ce n'était pas un saint, mais il avait le cœur sur la main, et un charme, un charisme, une vitalité qui le rendaient irrésistible. »

— Oui, j'ai vu tout cela dans son portrait. Et aussi l'amour que tu avais pour lui.

— Je l'aimais, en effet, mais je ne lui ai jamais dit, et je le regretterai toute ma vie.

— Il le savait. Il lui suffisait de regarder le portrait.

Le bébé commençait à geindre. Gabe se leva et entreprit de le promener dans la pièce, mais il n'interrompit pas son récit pour autant. Il trouvait beaucoup moins difficile de parler de son frère à Laura qu'il ne l'avait imaginé.

— Je l'ai harcelé pendant des années pour qu'il me permette de le peindre… Sans résultat, mais lors d'une partie de poker, nous avons mis en jeu cinq séances de pose, et j'ai gagné — une quinte flush contre un brelan de dames. Il est mort à peine un mois plus tard.

— Comment ?

— Dans un accident. Il effectuait alors des recherches en Virginie pour compléter le dossier d'un prévenu, et le petit avion de transport régional qu'il a pris pour se rendre à New York s'est écrasé quelques minutes après le décollage. Il allait au vernissage d'une exposition de mes tableaux… Jamais je ne me le pardonnerai.

— Pourquoi ? Tu n'as rien à te reprocher !

— Si. Il venait à New York pour moi, et cela lui a coûté la vie. Ma mère est restée prostrée dans sa chambre pendant des jours et des jours tandis que mon père errait dans la maison comme une âme en peine, et je ne savais ni quoi dire ni quoi faire pour les réconforter. Comment l'aurais-je pu, d'ailleurs, puisque tout était ma faute ?

Le cœur déchiré, Laura rejoignit Gabe. Il était allé se poster devant la fenêtre après avoir couché le bébé, et elle lui passa un bras autour de la taille.

— Je n'ai jamais perdu un être cher, déclara-t-elle d'une voix douce, mais maintenant que je vous ai, Michael et toi, je peux imaginer ton chagrin. Pourtant tu n'as pas à te sentir coupable : tu n'es pas responsable de l'accident qui a tué ton frère.

— Pas directement, mais sans moi et ma stupide exposition, il serait toujours vivant, et si le destin avait décidé que l'un de nous devait mourir dans la fleur de l'âge, c'est moi qu'il aurait dû choisir, parce que Michael était de loin le meilleur de nous deux.

— Pourquoi te comparer à lui ? Vous étiez différents, mais vous avez brillamment exploité vos talents respectifs.

— Le décès de mon frère m'a privé de la capacité de peindre, et je suis parti m'installer dans le Colorado pour voir si je la retrouverais en quittant des lieux où tout me rappelait Michael. Je m'étais remis à travailler quand nous nous sommes rencontrés ; je commençais même à envisager de rentrer à San Francisco et de reprendre une vie normale, mais je ressentais encore un grand vide… Tu l'as comblé.

— J'en suis très heureuse, mais il te reste un pas à franchir pour te réconcilier avec toi-même et panser ainsi tes dernières plaies. Sors de ton atelier les tableaux que tu y gardes enfermés depuis deux ans. Si ton frère était assez fier de toi pour vouloir aller à cette exposition, il est temps que tu en organises une autre. Tu la lui dédieras, et ce sera la meilleure façon de manifester cet amour que tu regrettes tant de ne pas lui avoir exprimé.

Sur le point de repousser cette suggestion, Gabe se surprit à dire à la place :

— Michael se serait très bien entendu avec toi.

— Il aurait donc été de mon avis.

— Sans doute.

— Alors tu vas exposer ces tableaux ?

— Oui. Je demanderai dès demain à Marion de prendre les dispositions nécessaires.

La mention de ce nom fit passer sur le visage de Laura une ombre qui, bien que fugitive, n'échappa pas à Gabe.

— Quelque chose te tracasse ? s'enquit-il.

— Non, rien.

— Tu mens très mal, mon ange… Je sais que vous avez des rapports tendus, Marion et toi, mais je te répète que mes relations avec elle sont strictement professionnelles.

— Je t'ai déjà expliqué ce que j'aurais fait, si je n'en avais pas été sûre.

— En effet, et comme tu es toujours là, où est le problème ?

— Il n'y en a pas.

— Tu préfères que j'aille poser la question à Marion ?

— Non !

— Alors réponds-moi, sinon je vais la voir séance tenante !

Laura hésita encore un instant, mais Gabe ne lui laissait pas le choix…

— Le jour où je me suis rendue à la galerie, déclara-t-elle, tu nous as surprises, Marion et moi, au beau milieu d'une discussion un peu… orageuse. Tu t'en souviens ?

— Parfaitement.

— C'était à ton sujet que nous nous disputions, tu l'as compris, mais tu n'as visiblement pas entendu le début de notre conversation. Marion pense que ma présence dans ta vie nuit à ta carrière, et elle a décidé de m'en chasser en donnant mes coordonnées aux Eagleton. Ils auraient sûrement fini par me retrouver sans son aide, mais je ne lui pardonnerai jamais de les avoir appelés.

— Pourquoi ne m'en as-tu parlé tout de suite ? s'écria Gabe, blême de rage.

— Je ne voulais pas t'ennuyer avec ça.

— M'ennuyer ?

— Oui, tu as plus besoin de Marion que de moi, et…

— Qu'est-ce que tu racontes ? Comment peux-tu croire que Marion passe avant ma femme et mon fils ?

— Elle m'a dit que…

— Peu importe ! C'est ce que je dis, moi, qui compte !

Mais Gabe ne lui avait jamais dit qu'il l'aimait, songea tristement Laura.

— Marion ne perd rien pour attendre ! reprit-il. Je vais annuler le contrat qui nous lie, et confier mes intérêts à une autre galerie.

— Ta carrière ne risque pas d'en souffrir ?

— Ma carrière ? Mais que dois-je donc faire pour te convaincre que… Zut ! Le téléphone ! Reste là ! Je descends répondre, et je reviens juste après.

Gabe quitta la pièce comme une trombe, laissant Laura à ses sombres réflexions. Il allait certainement mettre à exécution son projet de renvoyer Marion, mais ce ne serait pas pour venger le tort causé à une épouse qu'il aimait. Marion avait commis l'erreur de se mêler de sa vie privée, et c'était de cela qu'il voulait la punir.

Pour se consoler, Laura se dit que la conversation

qu'ils venaient d'avoir avait été constructive, Gabe lui avait enfin parlé de son frère, et elle avait réussi à le persuader d'exposer ses œuvres. Il ne l'aimait pas et ne l'aimerait peut-être jamais, mais elle savait qu'il lui serait fidèle, et Michael avait en lui un père merveilleux... N'était-ce pas déjà plus qu'elle n'espérait avoir un jour ? Si, et pourtant...

— Laura ?

Pour que Gabe ne devine pas sa détresse, elle plaqua un sourire sur son visage avant de se tourner vers la porte.

— Oui ?

— C'était Me Quartermain. L'avocat des Eagleton l'a appelé il y a quelques minutes pour lui dire qu'ils renonçaient à demander la garde de Michael.

— Il... il en est sûr ? bredouilla la jeune femme. Ils ne risquent pas de changer d'avis ?

— Non. Leur décision est ferme et définitive.

Maintenant qu'elle n'en avait plus besoin pour défier les Eagleton, Laura sentit ses forces la quitter.

Des larmes lui montèrent aux yeux et se mirent à couler sur ses joues, mais elle n'en avait pas honte ; c'était des larmes de joie à l'idée que le cauchemar était enfin terminé.

Gabe s'approcha de Laura et l'enlaça avant de lui annoncer une nouvelle qui allait peut-être la peiner :

— Les Eagleton prétendent maintenant que Michael n'est pas le fils de Tony, afin de le priver de ses droits sur leur futur héritage. Un test ADN suffirait cependant à...

— Non ! C'est très bien ainsi. S'ils avaient réclamé

un droit de visite, je le leur aurais accordé, mais je suis soulagée de savoir que Michael n'aura aucun contact avec eux… Je ne te remercierai jamais de t'être battu à mes côtés, Gabe !

— Tu n'as pas à me remercier. C'est toi qui as tenu tête à Lorraine.

— Oui, et à présent, personne ne pourra plus jamais nous prendre Michael… J'ai envie de chanter, de danser…

— Je te promets de fêter dignement l'événement dès que nous serons en état de le faire, c'est-à-dire après avoir dormi une semaine entière ! Dans l'immédiat, je vais appeler mes parents pour les mettre au courant.

— Je donnerai son bain à Michael, pendant ce temps, et nous te rejoindrons en bas tout de suite après.

Quand Laura descendit au rez-de-chaussée, presque une heure plus tard, elle avait troqué son jean mouillé contre un pantalon blanc et un chemisier bleu pâle. Le bain avait mis Michael de joyeuse humeur, et laissé sur leur peau à tous les deux une bonne odeur de savon et de talc.

Gabe, qui les attendait au pied de l'escalier, les caressa du regard avant de prendre le bébé dans ses bras et de lui chatouiller le ventre.

— Tu m'as l'air bien réveillé…, observa-t-il. Si on allait se promener dans le jardin, maintenant ?

— Où trouves-tu toute cette énergie ? demanda la jeune femme en étouffant un bâillement. Tu ne dors pas plus que moi !

— C'est le résultat de trente années de vie saine… et de nombreuses nuits passées à jouer aux cartes.

— Ton père te fait dire que vos parties de poker lui manquent. Tu pourrais en organiser une ce soir et y emmener Michael… Cela me permettrait de rattraper un peu de sommeil.

— Tu es vraiment épuisée, n'est-ce pas ?

— Moi ? Je suis en pleine forme ! Je pensais que ça se voyait !

— Je vais m'occuper de Michael, et tu pourras ainsi te reposer, mais je veux te montrer quelque chose avant.

— Non, plus tard ! J'arrive à peine à garder les yeux ouverts.

— S'il te plaît ! C'est important !

— Bon, d'accord… Je suis trop fatiguée pour discuter.

Le bébé calé sur sa hanche et son bras libre entourant les épaules de Laura, Gabe se dirigea vers le salon, ouvrit la porte…

A la vue du tableau accroché au-dessus de la cheminée, la jeune femme s'arrêta net. Elle avait assisté à sa création, du premier coup de pinceau au dernier, et pourtant elle avait l'impression de le découvrir. A la galerie, il lui était apparu comme une magnifique œuvre d'art, digne de figurer dans un musée ou dans la plus prestigieuse des collections privées, mais ici, dans ce salon éclairé par les feux du soleil couchant, il devenait l'illustration et le symbole d'une histoire que Gabe et elle étaient seuls à connaître. Il prenait une dimension personnelle, il faisait partie d'eux, et, pour la première fois, Laura eut le sentiment que la maison de Gabe était aussi la sienne.

— C'est très beau, murmura-t-elle, mais je ne savais pas que tu voulais le garder. Plusieurs personnes ont même proposé de l'acheter, d'après ce que Marion m'a dit.

— Je n'ai jamais eu l'intention de le vendre. Je vis ici depuis près de dix ans, mais je n'avais encore ni peint ni trouvé aucun tableau que j'aie eu envie de mettre à cet endroit. Et puis nos chemins se sont croisés, et de notre rencontre est née la meilleure œuvre que j'aie jamais réalisée et que je réaliserai jamais.

— Comment peux-tu le savoir ? Ta carrière est loin d'être terminée.

— Tu ne comprends pas, mon ange.

— Que devrais-je comprendre ?

— Ce que je ressens pour toi. Il m'a fallu attendre aujourd'hui pour m'apercevoir que tu n'en avais pas la moindre idée.

— Bien sûr que si ! Tu as besoin de moi et de Michael. La famille que nous formons tous les trois te donne une nouvelle raison de vivre et remplit le vide laissé par la mort de ton frère.

— C'est bien ce que je pensais… Assieds-toi, maintenant, et regarde attentivement ce portrait ! Michael est en train de s'endormir, je vais aller le coucher, et quand je reviendrai, tu me diras ce que tu as vu.

Le ton grave de Gabe intrigua Laura. Elle ouvrit la bouche pour lui demander des explications, mais il avait déjà quitté la pièce. Elle s'installa sur le canapé et attendit son retour, les yeux fixés sur le tableau.

— Alors ? déclara Gabe deux minutes plus tard en s'asseyant près d'elle.

— Je me vois telle que tu me voyais à ce moment-là, et je me trouve un peu trop vulnérable, un peu trop triste.

— C'est tout ? s'exclama Gabe, agacé.

— Non. Je vois aussi une femme seule, mais décidée à défendre l'enfant qu'elle porte.

— Tu ne regardes pas bien ! Moi, je lis autre chose sur le visage de cette femme.

— Oui, elle est en train de tomber amoureuse, chuchota Laura. Tu avais déjà conscience, alors, de mes sentiments pour toi ?

— Non. Je croyais seulement peindre ceux que je voulais t'inspirer, et je ne me suis pas rendu compte tout de suite que je peignais aussi les miens.

Le cœur de Laura bondit dans sa poitrine. Les tableaux de Gabe étaient le reflet de ses émotions les plus profondes, alors pouvait-elle espérer…

— Et quelle est la nature de ces sentiments ? murmura-t-elle.

— Tu ne le vois pas ?

— Ça ne me suffit pas. Je veux l'entendre.

C'était précisément ce que Gabe avait cherché à éviter, parce qu'il n'était pas à l'aise avec les mots et craignait que le langage ne trahisse sa pensée. Il devait pourtant essayer, l'enjeu était trop important.

Prenant la main de Laura dans la sienne pour se donner du courage, il expliqua d'une voix basse et lente :

— J'ai tout de suite éprouvé pour toi une attirance

irrésistible, et je me suis dit que c'était mal. Tu étais enceinte, désemparée, entièrement dépendante de moi… Je n'avais pas le droit de te désirer. J'avais juste le devoir de t'aider.

— Tu l'as fait, et je t'en serai éternellement reconnaissante.

— Je ne veux pas de ta reconnaissance ! s'écria Gabe en fusillant Laura du regard.

La jeune femme sourit. Les mouvements d'humeur de son mari ne l'effrayaient plus ; elle sentait au contraire un grand calme l'envahir, et la certitude lui vint que jamais elle n'oublierait Gabe tel qu'il était en ce moment — les cheveux en désordre, les manches de sa chemise grise relevées jusqu'aux coudes et les yeux lançant des éclairs.

— Entendu, déclara-t-elle, je t'épargnerai désormais l'expression de ma gratitude. Je me contenterai de te dire que je t'aime, et que je t'aimerai jusqu'à la fin de mes jours, mais il faut en échange que tu répondes à une question : tes sentiments vont-ils à l'image que tu as fixée sur la toile, à la mère de Michael, ou à la personne que je suis ?

— Aux trois, ensemble et séparément. Même si nous nous étions rencontrés ailleurs, et dans d'autres circonstances, je serais tombé amoureux de toi. Peut-être pas aussi vite, et les choses auraient sans doute été moins compliquées, mais tu m'étais destinée. Je t'aime, Laura… C'est pour cela que je t'ai épousée, et non pour te rendre service.

— Alors je retire ce que j'ai dit ! s'exclama Laura en riant. Puisque tu m'as épousée par pur égoïsme, je n'ai aucune raison de t'en être reconnaissante... Tu es content, maintenant ?

— Non, je suis heureux, mon ange, rectifia Gabe en se penchant vers elle.

Juste avant que leurs lèvres ne se joignent, une pensée traversa l'esprit de Laura : l'ange de Gabriel était plus qu'un portrait. Il vivait dans le cœur de Gabe et y vivrait à jamais.

C'était sa place, celle qu'elle avait longtemps cherchée, et enfin trouvée.

Composé et édité par HarperCollins France.

Achevé d'imprimer en octobre 2019.

CPi
BLACK PRINT

Barcelone

Dépôt légal : novembre 2019.

FSC
www.fsc.org
MIXTE
Papier issu de sources responsables
FSC® C108412

Pour limiter l'empreinte environnementale de ses livres, HarperCollins France s'engage à n'utiliser que du papier fabriqué à partir de bois provenant de forêts gérées durablement et de manière responsable.

Imprimé en Espagne.